लेखक का मन

लेखक का मन

(वैचारिकी)

भगवानदास मोरवाल

वाणी प्रकाशन

वाणी प्रकाशन
4695, 21-ए, दरियागंज, नयी दिल्ली 110 002

शाखा
अशोक राजपथ, पटना 800 004

फ़ोन : +91 11 23273167 फ़ैक्स : +91 11 23275710

www.vaniprakashan.in
vaniprakashan@gmail.com
sales@vaniprakashan.in

LEKHAK KA MAN
by Bhagwandass Morwal

ISBN : 978-93-86799-55-5
Essays

प्रथम संस्करण
मूल्य : ₹ 295

सिटी प्रेस, दिल्ली-110 095 में मुद्रित

वाणी प्रकाशन का लोगो मक़बूल फ़िदा हुसेन की कूची से

अनुक्रम

थड़ी के खँडहर 7

दो पात्र 10

मैं और मेरा स्व 13

लेखक और उसकी रचना 16

पत्रकारिता के आदर्श प्रतिरूप 27

संकीर्ण क्षेत्रीयता के नये खतरनाक आयाम 31

खेलना हिन्द महासागर की लहरों से 34

लेखक का लोक 51

लेखक की निर्ममता 57

लेखक की चुनौतियाँ 60

इतिहास के परिप्रेक्ष्य में परिवार 63

एक बेमानी समाज 69

दलित विमर्श की विडम्बनाएँ 73

रेत : कभी रेगे-रवाँ से प्यास बुझ जाती है रहरौ की 84

आओ, थोड़ा-सा वफादार भी हो लें! 91

समाज सेवा बनाम 'स्वयं सेवा' 96

सभ्य समाज का असभ्य चेहरा 100

ये 'लालू' निन्दक 104

पंच परमेश्वरों का असली चेहरा 109

मेरा कमरा 114

उपन्यास लेखन कला 118

मैं क्यों लिखता हूँ? 125

थड़ी के खँडहर

पिछले दिनों मेवात के शैक्षिक और सामाजिक उत्थान में कार्यरत एक स्वयंसेवी संगठन के न्योते पर उसकी मासिक बैठक में शामिल होने का अवसर मिला। अपने क्षेत्र में किसी स्वयंसेवी संगठन द्वारा किसी बैठक में आमन्त्रित होना अपने आप में एक अलग अनुभव था। इसलिए नहीं कि किसी संगठन ने मुझे अपनी बैठक में आमन्त्रित किया बल्कि इसलिए कि जिस स्थान पर यह बैठक आयोजित की गयी थी, उसका अपने आप में बहुत बड़ा सामाजिक महत्त्व है। इस स्थान से मेरे बचपन की अनेक स्मृतियाँ भी जुड़ी हुई हैं।

हरेक क्षेत्र और उसके अपने समाज की एक स्थानीय पहचान होती है, जो आगे जाकर उसकी सांस्कृतिक पहचान का रूप ले लेती है। मेवात की ऐसी ही एक सांस्कृतिक पहचान है, यहाँ के हरेक गाँव-कस्बे में बनी वह थड़ी, जो मेवाती समाज की सामुदायिक अस्मिता की पहचान और उसका प्रतीक है। इसी स्थान पर यह बैठक आयोजित की गयी थी। थड़ी यानी स्थानीय चौपाल अपने अस्तित्व में सम्भवतः थड़ा अर्थात उस सार्वजनिक स्थल के बाद आया होगा, जहाँ शाम को अपने-अपने काम-धन्धों से निपट कर लोग अपने सुख-दुख को आपस में बाँटते हैं। कहना न होगा कि थड़ी एक ऐसा केन्द्र भी है जहाँ सूचनाओं का आदान-प्रदान होता है। मेवात के इस सार्वजनिक स्थल 'थड़ी' पर आपसी मतभेदों के बड़े-बड़े फैसले लिए जाते हैं। बड़ी-बड़ी पंचायतों का आयोजन होता है। मेव समुदाय में होने वाले शादी-विवाह के अवसर पर बारात को ठहराने की व्यवस्था भी यहीं होती है। मुझे याद है कि चुनावों के दिनों में राजनीतिक दलों के क्षेत्रीय और स्थानीय नेताओं से लेकर सरकारी अधिकारी जैसे-थानेदार और खण्ड विकास अधिकारी तक इन्हीं थड़ियों पर लोगों से मिलते थे। भरी सर्दियों में देर रात तक जलने वाले अलाव के चारों ओर बैठे लोगों में क़िस्से-कहानियों से लेकर अन्य, खबरों तक का हस्तान्तरण होता था। कहने का तात्पर्य यह है कि थड़ी एक समय सूचनाओं के सबसे बड़े स्रोत होते थे।

मुझे याद है दो दशक पूर्व तक हमारे मोहल्ले से थोड़ी दूर स्थित थड़ी से बेहद आकर्षक और विशाल ताजिये निकाले जाते थे। इस थड़ी की एक बुर्जी पर सावन के महीने में तीज और रक्षा बन्धन पर होने वाली पतंगबाजी में माँझे के लिए इस्तेमाल होने वाले शीशों को पिसते हुए देखा है। नटों के अनेक करतब भी इसी थड़ी के सामने देखे हैं।

पूरे मेवात के गाँव-कस्बों में बनी इन थड़ियों का वास्तुशिल्प इनकी विशिष्ट पहचान है। दाएँ-बाएँ बनी दो बुर्जियों और अपने-अपने आकार के अनुसार मेहराबों पर टिकी इन थड़ियों को दूर से ही पहचाना जा सकता है। हमारे मोहल्ले से थोड़ी दूर बनी थड़ी, जो सोलह मेहराबों पर टिकी है, उसकी मेहराबों और दीवारों में चौंसठ खूँटियाँ हैं। मुख्य इमारत में आमने-सामने दो पीवणियाँ हैं, जिनमें शादी-विवाह के अवसर पर पानी से भरे मटके रखे जाते हैं। कहा जाता है कि इस थड़ी का निर्माण सन् 1934 में किया गया था। इस थड़ी की बनावट और स्थानीयता का वर्णन करते हुए एक अनजान स्थानीय लोक कवि ने इसका चित्रण इन शब्दों में किया है :

'चौंसठ तो नारी बणी, सोलह इनका लोग
आमईं-सामईं पीवणी, है ई चौंतीसा को जोग।'

जिस थड़ी में इस स्वयंसेवी संगठन की बैठक आयोजित की गयी थी, उसकी जर्जर दशा देखकर पलभर के लिए मुझे अपने भीतर कुछ चटकता दिखाई दिया। जगह-जगह दीवारों से उखड़ा पलस्तर, अलफ नंगी चौखटों और स्थानीय लोगों द्वारा इसके अतिक्रमण को देखकर यह अन्दाजा लगाना मुश्किल नहीं था कि स्व-उदासीनता के चलते हम अपनी विरासत और सांस्कृतिक पहचान को नष्ट करते जा रहे हैं। इसका एक मुख्य कारण यह है कि धीरे-धीरे हम अपनी सामुदायिकता और सामाजिकता से विमुख होते जा रहे हैं। मुझे याद है इन थड़ियों में कुछ डहले (बड़ी-बड़ी चारपाइयाँ) स्थायी रूप से पड़े रहते थे, जिन पर प्रायः वहाँ से गुजरने वाले राहगीर महाभारत पर आधारित लोक गीत 'पंडून कौ कड़ा' और अन्य लोकनायकों की महानता और उनकी वीरता का बखान करते थे। इन्हीं डहलों पर ताजिये बनाये जाते थे। आज इन थड़ियों का उपयोग होता जरूर है मगर या तो सरकारी बाल विकास परियोजना केन्द्रों के लिए या फिर साक्षरता मिशन के तहत आयोजित की जाने वाली कक्षाओं के लिए। जो मतभेद इन थड़ियों पर बैठकर दूर किये जाते थे, अब वे पुलिस थानों में निपटाये जाते हैं। शाम को इन पर मिल-बैठकर अपना सुख-दुख बाँटने की समाप्त होती भवना

ने उन्हें एकदम सूना कर दिया। इनके सूनेपन को देखकर कभी-कभी लगता है मानो हमारे पास सुख-दुख बचे ही नहीं हैं।

एक समय था जब शादी-विवाह के अवसर पर सार्वजनिक स्थलों जैसे मन्दिर, मस्जिद, चौपाल थड़ी के उद्धार के लिए वर और वधू पक्ष द्वारा कुछ न कुछ आर्थिक सहयोग देना अनिवार्य होता था। आज भी यह आर्थिक सहयोग दिया तो जाता है लेकिन सिर्फ मन्दिर और मस्जिदों के लिए। शायद यही कारण है कि इसके चलते हमारी सांस्कृतिक पहचान की बजाय धार्मिक पहचान कहीं ज्यादा पुख्ता होती जा रही है। चलते समय इस थड़ी को देखकर रह-रहकर यही सोचता रहा कि कोई बड़ी बात नहीं कि तेजी से खँडहरों में तब्दील होती एक सांस्कृतिक विरासत मेवाती समाज के लिए आगे एक अतीत बन कर रह जायेगी।

दो पात्र

मेवात की पृष्ठभूमि पर लिखे गये मेरे उपन्यास 'काला पहाड़' के दो पात्र हैं—चौधरी करीम हुसैन और चौधरी मुर्शीद अहमद। इनके माध्यम से मैंने मेवात के राजनीतिक चरित्र को उद्‌घाटित करने के साथ-साथ यह भी दिखाने की कोशिश की है कि ये दोनों राजनेता कैसे वर्षों से मेवात की शान्तिप्रिय, भोली और अशिक्षित जनता की भावनाओं से खिलवाड़ करते हुए सत्ता के केन्द्र में बने हुए हैं। हालाँकि यह उपन्यास लगभग दस वर्ष पहले लिखा गया था लेकिन अपनी उसी भूमिका की पुनरावृत्ति करते हुए, हरियाणा विशेषकर मेवात के ये दोनों पात्र एक बार फिर यहाँ के राजनीतिक हलके में चर्चा का विषय बने हुए हैं। मगर इस बार इनकी भूमिका दूसरी तरह की है।

चौदहवीं लोकसभा के चुनावों के लिए देश की राजधानी से सटे हुए फरीदाबाद संसदीय क्षेत्र से इस बार एक पार्टी ने अपना टिकट मेरे उपन्यास के इन दोनों पात्रों को न देकर एक गूजर नेता को दे दिया। सनद रहे इस संसदीय क्षेत्र में मेवात का बड़ा हिस्सा आता है। यहाँ मेव मतदाता कुल मतदाताओं का बत्तीस प्रतिशत हैं। यानी साढ़े तीन लाख मेव मतदाता हैं। इनमें से डेढ़ लाख मेवों के 'बड़ागूजर' गोत्र के हैं। इन डेढ़ लाख मतदाताओं को गूजर नेता अपना मानते हैं क्योंकि ये उन्हें अपने ही गोत्र के लगते हैं। यहाँ महत्त्वपूर्ण किसी को टिकट देना या न देना नहीं है, बल्कि टिकट वितरण के बाद जो समीकरण और हालात बनते दिखाई दे रहे हैं वे ज्यादा महत्त्वपूर्ण और रोचक हैं।

गूजर नेता को टिकट मिलते ही मेवात के दो दिग्गज नेता यानी मेरे उपन्यास के दोनों पात्र जो एक ही गोत्र (दहंगल) के हैं, एकाएक हरकत में आ गये। जो नेता पिछले बीस वर्षों से एक ही गोत्र के होने के बावजूद एक-दूसरे को फूटी आँख नहीं सुहाते थे, और एक-दूसरे के राजनीतिक शत्रु बने हुए थे, उन्होंने अपना विरोध जताते हुए पार्टी से इस्तीफा ही दे दिया। यह इस्तीफा उन्होंने पार्टी पर मेवों की उपेक्षा का आरोप लगाते हुए दिया है।

यहाँ यह उल्लेख करना जरूरी है कि इन दोनों नेताओं में से एक का बेटा उसी पार्टी का विधायक है और भाई सत्तारूढ़ पार्टी का। जिन पाठकों ने मेरा यह उपन्यास पढ़ा है उन्हें याद होगा कि मेवात के आर्थिक शैक्षिक और सामाजिक पिछड़ेपन के लिए इन्हीं दो पात्रों अर्थात मेव नेताओं को जिम्मेदार बताया गया है। मेवातियों की पुरजोर माँग के बावजूद न तो मेवात में रेलवे लाइन है, न सिंचाई के लिए नहर। न यहाँ कोई औद्योगिक विकास हुआ है न शैक्षिक विकास। शायद इसी पिछड़ेपन के कारण मेवात को 'काला पानी' कहा जाता है। मेवात के विकास के लिए इसे जिला बनाने की माँग पिछले कई वर्षों से उठती रही है। लेकिन ये दोनों मेव नेता आश्चर्यजनक रूप से इस पर चुप्पी साधे रहते हैं। सच तो यह है कि इन दोनों नेताओं की राज्य की राजनीति में सक्रियता इतनी प्रभावशाली है कि ये चाहते तो मेवात को काफी हद तक इस पिछड़ेपन से मुक्ति दिला सकते थे। मगर इन्होंने न तो ऐसा किया और न चाहा, क्योंकि ये जानते हैं कि पिछड़े अभावग्रस्त, अनपढ़ और गरीबों पर शासन करना कहीं ज्यादा आसान होता है।

वास्तव में मेवात में राजनीति की फसल विकास या दूसरे मुद्दों पर नहीं, बल्कि भावनाओं को उकसा कर और गोत्र-पाल के आधार पर काटी जाती है। इन दोनों मेव नेताओं का मेवात को रसातल में ले जाने में कितना बड़ा योगदान है, पूरा मेवात जानता है। 6 दिसम्बर, 1992 के बाद मेवात में सामाजिक माहौल खराब करने की शुरुआत और कहीं से नहीं, मेवात के उसी नूँह कस्बे से हुई थी, जहाँ इन दोनों नेताओं का स्थायी राजनीतिक डेरा है। नूँह मेवात की राजनीति का गढ़ भी माना जाता है।

इस बार अचानक इन दोनों दिग्गजों ने एकजुटता दिखाते हुए मेवों की उपेक्षा का आरोप लगाते जिस तरह पार्टी से इस्तीफा दिया है वह यहाँ के लोगों के गले नहीं उतर रहा है, क्योंकि यह माना जाता है कि ये तो पैदाइश ही इसी पार्टी के हैं। इनमें से एक अर्थात उपन्यास का एक पात्र चौधरी करीम हुसैन तो पिछले कई वर्षों से हरियाणा के अपने पैतृक और परम्परागत चुनाव क्षेत्र को अपने बेटे और अपने भाई को सौंप कर, राजस्थान स्थित मेवात के एक विधानसभा क्षेत्र से निर्वाचित होकर और मंत्री बन सत्ता-सुख भोग रहे थे। लेकिन पिछले विधानसभा चुनावों में अपनी और अपनी पार्टी की करारी हार के चलते फिर से अपने पैतृक चुनाव क्षेत्र में आ पहुँचे। अब टिकट न मिलने पर ये दोनों मेव नेता न केवल मेवों की महापंचायत कर राजनीतिक दबाव बनाने का प्रयास कर रहे हैं बल्कि उस भोली कौम को भी बरगलाने की कोशिश कर रहे हैं, जिसे ये अपनी जागीर समझते आ रहे हैं।

देखना है कि मेरे उपन्यास के ये दोनों पात्र चौधरी करीम हुसैन और चौधरी मुर्शीद अहमद अर्थात मेवात के दोनों दिग्गज नेता अपने समुदाय को ढाल बना कर उपेक्षा का जो राग अलाप रहे हैं, क्या मेवाती उसके प्रभाव में आकर परोक्ष रूप से साम्प्रदायिक ताकतों को मजबूती प्रदान कर अपने आपको अनजाने एक पाप का भागीदार बनाते हैं, या फिर अपने विवेक का इस्तेमाल कर स्वयं को उस दासता से मुक्त कराने की हिम्मत दिखाएँगे, जिसके चलते आज वे हर क्षेत्र में पिछड़ते जा रहे हैं।

मैं और मेरा स्व

लोग कहते हैं कि मैं अवसरवादी हूँ या मैं अधिक समय तक सम्बन्धों का निर्वाह नहीं कर पाता हूँ। हो सकता है ऐसा कहने वालों की नज़र में ठीक है। और ऐसा कहने का उन्हें पूरा हक है। दिल्ली जैसे महानगर में रहते हुए यदि आप ऐसे आरोप-प्रत्यारोपों से बचे हुए हैं, या आपके बारे में किसी तरह की कोई धारणा न बने, तो समझ लीजिए आपका कोई अस्तित्व नहीं है। लेकिन मैं यह मानता हूँ किसी की यदि मेरे बारे में ऐसी कोई धारणा बनायी जा रही है तो ऐसा किसी गलतफहमी के कारण हो रहा होगा। मुझे लगता है कि इस धारणा की जड़ में एक-दूसरे के बीच पैदा हुआ एक Communication Gap है। इसके कई कारण हो सकते हैं। जिनमें सबसे बड़ा है मेरी अपनी स्थानीयता, मेरे ठेठ देहातीपन और मेरे Location की वे सीमाएँ, जो गाहे-बगाहे शहरी संवेदनशीलता को शायद खरोंचती हैं। इसके कारण जो स्थितियाँ बनी होंगी सम्भवतः उन्होंने ऐसी धारणा बनायी होगी। मेरी नज़र में यह देहातीपन मेरे जैसे लेखकों का एक सहज स्वभाव है। हो सकता है इसी समाज ने मुझे महत्त्वाकांक्षी भी कह दिया हो।

एक और मुख्य बात जो मैंने महसूस की है कि जब भी कोई हाशिए का, या सीधे-सीधे कहिये उपेक्षित, दलित, पिछड़े, आदिवासी जैसे समाजों के लोग मुख्यधारा में आते हैं, तब उनके यह आने की प्रक्रिया एक Friction पैदा करती है, जिसे हम अवसरवादिता कह देते हैं। हो सकता है दूसरों की निगाह में जो अवसरवादिता है मेरे लिए वह अपनी जगह की तलाश का संघर्ष या जद्दोज़हद हो। यह जद्दोज़हद कभी-कभी सामने वाले को अतिक्रमण लगता है। इसीलिए ये अपने से कमजोर (?) को Patronize तो करना चाहते हैं किन्तु उसे एक लेखक के रूप में समानता और समता का दर्जा नहीं दे पाते हैं, या दूसरे अन्य कारणों के चलते देने में हिचकिचाते हैं। यह मेरा कोई आरोप नहीं बल्कि मानव स्वभाव है। जबकि सच्चाई यह है कि मुझ जैसे व्यक्ति के लिए अपने संघर्ष के बल पर अपना रास्ता बनाना मुश्किल था। मेरा जो आज रास्ता बना है अपने इन्हीं

अग्रजों की प्रेरणा और सहयोग से बना है। आज जहाँ मैं हूँ इन्हीं की बदौलत हूँ और मैं इनका हमेशा ऋणी रहूँगा। इस ऋण को चुकाने की मेरी अभी हैसियत नहीं है और कामना करता हूँ कि ऐसी हैसियत कभी न बने।

जहाँ तक मेरे बारे में दूसरी धारणा महत्त्वाकांक्षी होने की है, मैं इसे कोई दुर्गुण नहीं मानता हूँ। मैं अपने आपको महत्त्वाकांक्षी मानता हूँ, और क्यों न मानूँ। बिना महत्त्वाकांक्षा के मनुष्य जीवन में न तो संघर्षशील हो सकता है, न कल्पनाशील। अपनी महत्त्वाकांक्षाओं का दमन, एक तरह से अपने सपनों का दमन करना है। महत्त्वाकांक्षा सफलता पाने के ऐसे पंख हैं जिनके बिना उड़ान भरना मुश्किल है। लेकिन मेरी आकांक्षाओं और महत्त्वाकांक्षाओं का आधार मेरे सामाजिक सरोकार हैं। वे सामाजिक और सामूहिक सरोकार, जिन्हें मैं मुख्यधारा में शामिल करना चाहता हूँ। जिस महत्त्वाकांक्षा की बात हमारे मित्र कहते हैं, इनका आशय जोड़, जुगत, तिकड़म, साँठ-गाँठ और दूसरे प्रयोजनों से है। ऐसा शायद इसलिए है कि ज्यादातर प्रभावशाली या कहिये सत्ताधारी वर्ग इनका जमकर इस्तेमाल करता है तथा स्वयं और अपने तथाकथित अनुयायियों को स्थापित करने से लेकर छोटे-मोटे पुरस्कारों को प्राप्त करने में सफल भी हो जाते हैं। मेरे लिए अपना संघर्ष एक संकटपूर्ण और कठिन उद्यम है। इस उद्यम को यदि महत्त्वाकांक्षा की संज्ञा दी जाती है, तो इसे मैं स्वीकार करता हूँ।

मौजूदा लेखन को लेकर मेरी स्पष्ट मान्यता है कि किसी भी लेखक का लेखन मनुष्य की जिन्दगी और सामाजिक सरोकारों से जुड़ा होना चाहिए। ये सरोकार लेखन में गम्भीरता और गहनता पैदा करते हैं। इन सरोकारों के अभाव में लेखन बौद्धिक विलासता के साथ-साथ महज विमर्श बनकर रह जाते हैं। मैं समझता हूँ कि जो रचनाएँ तथ्यों, संवेदनशीलता, जीवनानुभव और जीवनानुभूति को आधार बनाकर रची जाएँगी, वे ही टिकी रहेंगी। कालजयी का दर्ज़ा ऐसी ही रचनाओं को मिलता है। जो लेखक अपने अनुभवों को जीता ही नहीं बल्कि एक सामूहिक ईमानदारी निभाता है, वही रचनाएँ अपना स्थान बना पाएँगी। मैं कला कला के लिए जैसी मान्यता को नहीं नकार रहा हूँ बल्कि कला तो सौन्दर्य के साथ-साथ उसकी प्रामाणिकता को और पुख्ता करती है। मेरी रचनाधर्मिता की जमीन निज और सामूहिक अनुभवों पर आधारित होती है। यह जितनी प्रामाणिक होती है, उतनी ही काल्पनिक। इन दोनों के बिना कोई भी रचना अपने आप में पूर्ण हो ही नहीं सकती।

प्रत्येक क्रिया अपने आपमें सत्तात्मक-क्रिया होती है, इसलिए यह क्रिया आपको किस खेमे के साथ जोड़ देती है, शायद आपको पता ही नहीं चलता।

वास्तव में आप किस धड़े या खेमे से सम्बद्ध हैं आप स्वयं नहीं बल्कि आपका पाठक तय करेगा। यदि सत्ता से आशय मेरी सहानुभूतियों और मेरे सरोकारों से है तो मेरी सहानुभूति उस खेमे के साथ है जो आम आदमी या सर्वहारा को साथ लेकर चलती है, तथा जो आम आदमी को केन्द्र में लाती है। इस दौर में हरेक सत्ता केन्द्र की अपनी-अपनी चौहद्दियाँ हैं। यह बात सही है कि अकेले रहकर आप इनसे लोहा नहीं ले सकते और इसलिए कभी-कभी लगता है कि आप किसी सत्ता केन्द्र के साथ सम्बद्ध हो। लेकिन प्रश्न यह है कि आपके सरोकार क्या हैं?

लेखक और उसकी रचना

किसी भी लेखक के लिए सबसे बड़ी मुश्किल है अपनी किसी कृति की रचना-प्रक्रिया के बारे में बताना। मेरे लिए रचना-प्रक्रिया किसी रचना का शीर्षक और पात्र तय करके उनसे संवादों की जुगाली करना मात्र नहीं है अपितु उक्त रचना के माध्यम से उन सवालों से भी दर-पेश होना है, जो रचनाकार के साथ-साथ संवेदना के स्तर पर उस पाठक को भी बेचैन और उद्वेलित करें जो कोसों दूर बैठकर रचना के पात्रों से एक रिश्ता बनाता है। रचना-प्रकिया सिर्फ किसी रचना के लिए कच्चा माल एकत्रित कर उसे शब्दों में पिरोना भर भी नहीं है, बल्कि असली प्रक्रिया वह है जो रचनाकार के भीतर मिट्टी के कच्चे बर्तनों की तरह, जतन से लगाये गये आवें में न जाने कब से धीरे-धीरे पकती है। यह प्रक्रिया तब और भी जटिल और दुरूह हो जाती है जब किसी रचना का फलक यानी कैनवस इतना व्यापक हो, जहाँ पृष्ठ-दर-पृष्ठ रचनाकार अपने चरित्र और पात्रों से दो-चार होते हुए रह-रहकर मुठभेड़ करता है।

निःसंकोच कह सकता हूँ कि किसी भी रचनाकार के लिए अपनी उस रचना-प्रक्रिया की व्याख्या करना सबसे दुष्कर कर्म है, जो उसके भीतर चल रही होती है। दुष्कर इस मायने में है क्योंकि इसके अन्तर्गत वह तर्क-वितर्क, चिन्तन-मनन और अपनी कल्पना से पात्रों तथा दृश्यों की ऐसी छवि प्रस्तुत करता है, जिसकी छाप सदियों तक पाठकों के अवचेतन में दर्ज रहती है। किसी भी रचना के चरित्र अथवा पात्र, चाहे वे वास्तविक जीवन से लिए गये हों अथवा रचनाकार की कल्पना से गढ़े गये हों—रचनाकार के लिए एक चुनौती होते हैं। क्योंकि एक रचनाकार की प्रतिबद्धता, समाज के प्रति उसका नजरिया तथा मानवीय सरोकारों की अनुगूँज उसके इन चरित्रों और पात्रों के माध्यम से ही महसूस की जा सकती है।

अगर मैं कहूँ कि 'काला पहाड़' लिखने से पहले और लिखते हुए मुझे बार-बार इन चुनौतियों से जूझना पड़ा तो अतिशयोक्ति नहीं होगी। मेवात जैसे अपरिचित, अनछुए और उपेक्षित क्षेत्र को केन्द्र में रखकर उपन्यास लिखना बेहद जोखिम

भरा था। जोखिम भरा इस मायने में क्योंकि एक 'लेखक' के रूप में न मेरी कोई पहचान थी और न ही मेवात से कोई परिचित था। हैरानी के साथ-साथ क्षोभ तो मुझे इस रहस्य पर हुआ कि देश की राजधानी से एकदम सटे हुए मेवात के गौरवशाली इतिहास तथा इसकी देशभक्ति से अपने इतिहासकारों, समाजशास्त्रियों तथा अन्य मर्मज्ञों को अनभिज्ञ पाया। शायद इसी क्षोभ और चुनौती ने मुझे 'काला पहाड़' लिखने के लिए प्रेरित और प्रोत्साहित किया। यह चुनौती इसलिए भी कठिन थी कि दक्षिण हरियाणा, पूर्वी राजस्थान और पश्चिमी उत्तर प्रदेश में फैले मेवात को पाठकों से किस रूप में परिचित कराया जाये। एक मेव बाहुल्य क्षेत्र के रूप में, जिसकी तस्वीर हमारे तथाकथित राष्ट्रवादी इतनी विकृत और डरावनी प्रस्तुत करते हैं, कि जो मेवात से बावस्ता नहीं हैं उनकी भी भृकुटियाँ तनने लगती हैं या फिर मेवात के उस रूप से परिचित कराया जाये जो हमारे भारतीय लोकमानस का सच्चा और वास्तविक चेहरा है।

1981 में जब रोजगार की तलाश में मेवात से पलायन कर देश की राजधानी में पदार्पण किया और इसी दौरान संयोग से कनॉट प्लेस स्थित कॉफी हाउस में आना-जाना हुआ, तब बुद्धिजीवियों के बीच होते बहस-मुबाहिसे ने पहली बार 'काला पहाड़' लिखने से पहले का मानस तैयार किया। इस बीच मेवात की पृष्ठभूमि को केन्द्र में रखकर कुछ कहानियाँ भी लिखीं। इन कहानियों को मैं एक तरह से 'काला पहाड़' का पूर्वाभ्यास अथवा उसकी तैयारी कह सकता हूँ। इस सन्दर्भ में मैं प्रो. नित्यानन्द तिवारी जी के उस कथन को नहीं भूल सकता, जब इन्हीं कहानियों के संग्रह की भूमिका लिखने के बाद उन्होंने मुझसे कहा था कि अच्छा होगा यदि तुम मेवात को लेकर बड़ा कार्य करो। मुझे ऐसे ही प्रोत्साहन की दरकार थी क्योंकि मुझे उम्मीद नहीं थी कि अपरिचित-अनजान लेखक की कहानियाँ उन्हें इतनी प्रभावित कर सकती हैं। हालाँकि मन में पहले से यह जरूर था कि ऐसा कार्य करना है लेकिन कब करना है और कैसे करना है, यह तय नहीं था। यह आभास अवश्य हो रहा था कि जरूर इस देश में ऐसा कुछ होगा जो मेवात सहित पूरे देश की बहुलतावादी संस्कृति को प्रभावित करेगा। इसकी शुरुआत हो भी गयी थी जब अपने अस्तित्व और अस्मिता को पुख्ता करने के लिए एक राजनीतिक पार्टी द्वारा 1990 में रथयात्रा का आयोजन किया गया। हालाँकि यह रथयात्रा आयोजित तो की गयी मेवात से सैकड़ों मील दूर, किन्तु इसका मेवाती जन-जीवन पर इतना गहरा असर पड़ा कि मेव बाहुल्य क्षेत्र मेवात के गाँव-कस्बों से हिन्दुओं के मोहल्ले के मोहल्ले खाली हो गये। इसका कारण यह था कि लोगों को लगने लगा शायद विभाजन के समय हुए साम्प्रदायिक दंगों की पुनरावृत्ति होने जा रही है।

लेकिन 6 दिसम्बर, 1992 को विवादास्पद रामजन्म भूमि बाबरी मस्जिद विध्वंस ने मेवाती समाज में उथल-पुथल मचा दी। मेरे अन्दर मेवात को लेकर जो कार्य करने की योजना थी, उसे इसी घटना ने अन्जाम दिया। मेवात के लिए इससे बड़ी दुर्भाग्यपूर्ण कोई घटना हो ही नहीं सकती। इस घटना ने दो समुदायों के बीच फाँक और एक-दूसरे के प्रति संशय और सन्देह के बीज बो दिये। शान्त किन्तु समुद्र की अतल गहराई में जो सर्द-गर्म धाराएँ बहुत पहले से बह रही थीं, उन्होंने सतह पर आकर अपनी प्रचण्डता दिखाई छह दिसम्बर के दौरान ही।

छह दिसम्बर की इस दुःखद घटना के बाद प्रतिक्रियास्वरूप मेवात में शुरू में जो छुटपुट शरारतें हुईं वे प्रशासन और यहाँ के स्थानीय राजनीतिज्ञों द्वारा प्रयोजित थीं। प्रशासन और पुलिस की भूमिका तो पूरी तरह एकतरफा थी, जिसका शिकार उपन्यास का प्रमुख पात्र सलेमी तथा उस जैसे अनेक निर्दोष आम लोगों को होना पड़ा। इस घटना का दूरगामी प्रभाव यह पड़ा कि मेवात का जो मेव समुदाय अपेक्षाकृत आज भी बेहद शान्तिप्रिय है, उसे इतना विचलित किया कि इस घटना से पूर्व मेवात में जो आपसी विश्वास हिन्दू और मेवों के बीच स्थापित था, वह तेजी से दरकने लगा। नतीजतन यह विश्वास अभी भी अपने गौरव को प्राप्त नहीं कर पाया है। शायद भविष्य में भी प्राप्त करे—इसमें सन्देह है। सच तो यह है कि इस विश्वास को तोड़ने में हमारे तथाकथित देहाती राष्ट्रवादियों ने अपना भरपूर योगदान दिया।

मेवात के इसी 'विश्वास' ने 'काला पहाड़' लिखने के लिए मुझे लगभग विवश-सा कर दिया। हालाँकि ज्यादातर आलोचकों ने इस उपन्यास को साम्प्रदायिकता के विरोध में लिखा उपन्यास कहकर अपने कर्त्तव्य की इतिश्री कर ली जबकि मेरी मंशा 'काला पहाड़' के माध्यम से साम्प्रदायिकता के साथ-साथ भारतीय समाज में व्याप्त उस लोक को उद्घाटित करने की थी, जिससे हमारे समाज की महीन संरचना हुई है। छह दिसम्बर की घटना मात्र एक छोटा-सा हिस्सा है इस उपन्यास का, जबकि मेरा प्रयास लोक-विश्वासों पर जीवित एक ऐसे समाज के दरकने की व्यथा बयान करना था, जिसमें सभी का लोक समान है। इस व्यथा को उपन्यास का प्रमुख पात्र सलेमी, जो विशुद्ध और खाँटी भारतीय है, वह भी अपने आपको टूटता हुआ महसूस करता है।

मेरा मानना है कि पूरे भारतीय उपमहाद्वीप में जहाँ विभिन्न धर्मों और समुदाय के लोग रहते हैं, इसके किसी भी समाज को उसके लोक-मानस को समझे बिना नहीं जाना जा सकता। मैंने इसी आलोक में मेवात जैसे अपेक्षाकृत आर्थिक एवं शैक्षिक रूप से अत्यन्त पिछड़े किन्तु सांस्कृतिक तथा ऐतिहासिक रूप से समृद्ध

अंचल के इसी लोक-मानस को समझने का प्रयास किया, जो सामुदायिकता की अवधारणा को आज तक अक्षुण्ण एवं जीवित रखे हुए है। मेरा यह भी मानना है कि न तो यह देश मिलीजुली संस्कृतियों वाला देश है, न साँझा संस्कृतियों वाला। इसे इस रूप में देखना उस हिन्दुस्तानी परम्परा को नकारता है, जो अनेक विदेशी अतिक्रमणों और हमलों के बावजूद आज तक बची हुई है। यह विश्वास और परम्परा बची ही इसीलिए हुई है कि हम सबके लोक-विश्वास एक से हैं। इसीलिए अनातोले फ्रांस ने कहा है कि 'राष्ट्र अपने लोक-विश्वासों पर जीवित रहते हैं।'

किसी भी समाज के धार्मिक, सांस्कृतिक और सामाजिक वैशिष्ट्य को बिना उसके लोक के समझना मुश्किल है। उस लोक के जिसमें धर्म, जाति या समुदायों के बीच विभाजक रेखाएँ नहीं होती हैं, अपितु पूरे लोक का सुख-दुःख माधुर्य-करुणा, हास-परिहास जैसे होते हैं। बिना इस लोक को जाने न साम्प्रदायिकता को समझा जा सकता है, न जाति व्यवस्थाओं को। न किसी समाज की संरचना को समझा जा सकता है, न उसके मानस को। न उसकी विकास प्रक्रिया को समझा जा सकता है, न उनके अन्तर्विरोधों को। इसीलिए लोक केवल साहित्यिक दृष्टि से अध्ययन का विषय नहीं, अपितु यह मानव-विज्ञान तथा समाजशास्त्र की दृष्टि से भी महत्त्वपूर्ण है। इस सन्दर्भ में मार्सल मास ने ठीक ही कहा है कि एक उपन्यासकार को ऐसा मानव-विज्ञानी और समाजशास्त्री भी होना चाहिए जो किसी पूरे समाज के जीवन को साकार कर सके।'

'काला पहाड़' के केन्द्र में मैंने मेवाती समाज के मान्य लेकिन तेजी से नष्ट होते जा रहे इसी लोक को रखा है, जो हमारे समाजों की शिराओं में सामुदायिकता का संचार करता है। चाहे वह मजारों और पीर-फकीरों के प्रति हिन्दू समुदाय की अगाध आस्था व श्रद्धा हो, या फिर महाभारत पर आधारित 'पंडून को कड़ा' की मेव समुदाय में लोकप्रियता हो। चाहे वह उपन्यास के केन्द्र में रहे नगीना कस्बे में होने वाली पतंगबाजी का दृश्य हो, या यहाँ आयोजित होने वाली नौटंकी का प्रसंग। चाहे वह मेव समुदाय में होने वाले शादी-विवाह के अवसर पर निभाई जाने वाली रस्में हों, या फिर हिन्दुओं की तरह लड़के की बारात के बाद स्त्रियों द्वारा खेले जाने वाला स्वाँग 'खेड़िया' हो—ये सब उसी सामुदायिक भावना और लोक-धर्मिता को दर्शाते हैं जिनका अनुसरण करते हुए मेवाती समाज आज तक अपने आपको बचाये हुए हैं।

इसी आलोक में मैंने सबसे पहले मेवाती दोहों, लोक-कथाओं, लोक-गाथाओं, लोकोक्तियों, पहेलियों, मिथक तथा लोक-विश्वास सम्बन्धी सहायक सामग्री जुटानी शुरू की। इसमें मेरी सबसे अधिक सहायता मेरी माँ ने की। उदाहरण के लिए

होली और दीवाली पर दादा खानू नाम के मजार पर चादर चढ़ाने के लिए जाते समय जो गीत हिन्दू महिलाओं द्वारा गया जाता था, उसे मैंने अपनी माँ से ही सुनकर लिखा था। लोक-गाथाओं जैसे 'ससिबदनीमीणी-दरभाव खाँ मेव' के लिए मेवाती बात-साहित्य अर्थात् मौखिक साहित्य का सहयोग लिया। ऐतिहासिक सन्दर्भों के लिए गजेटियर्स तथा बाबरनामा जैसे कई ग्रन्थों का अध्ययन किया।

जहाँ तक उपन्यास के शीर्षक का प्रश्न है, इसका चयन अन्य सभी लेखकों की तरह मेरे लिए भी एक बड़ी चुनौती थी। 'काला पहाड़' शीर्षक से कुछ लोग सहमत नहीं थे। शायद इसलिए कि इस शीर्षक से पहले भी एक उपन्यास आ चुका था। इस शीर्षक के चयन के पीछे मेरी किसी तरह की ज़िद, या कोई भावनात्मक आकर्षण नहीं था अपितु इसके पीछे भौगोलिक, ऐतिहासिक और सांस्कृतिक अनिवार्यता थी, जो मेवात को सही अर्थों में परिभाषित करती है। दूसरे अर्थों में 'काला पहाड़' उपन्यास का शीर्षक भर नहीं है वरन् मेवात की भौगोलिक-सांस्कृतिक अस्मिता और उस विसंगतिपूर्ण प्रक्रिया का प्रतीक है जिसके कारण इस देश की बहुलतावादी संस्कृति नष्ट होती जा रही है। मैं भूगोल का छात्र रहा हूँ और छात्र-जीवन के दौरान मैंने जाना कि देश की राजधानी से शुरू हुई अरावली पर्वत श्रृंखला मेवात से होती हुई आगे की ओर निकल जाती है। यह श्रृंखला विश्व की प्राचीनतम पर्वत श्रृंखलाओं में से एक है। इस श्रृंखला को मेवात में 'काला पहाड़' कहा जाता है। 'काला पहाड़' शीर्षक मेवात के सन्दर्भ में इसी प्राचीनता का प्रतीक है। उसी प्राचीनता का जिसमें हमारी स्मृतियाँ, हमारे विश्वास, हमारा अतीत और वर्तमान सुरक्षित है। 'काला पहाड़' शीर्षक उसी लोकमानस का प्रतीक है जिसमें जो अभी तक बचा हुआ है, उसे सुरक्षित रखने का प्रयास है। कुछ अति आधुनिक आलोचक इसे मेरी नॉस्टेल्जियन एप्रोच, या कहूँ पुरातन सोच कह सकते हैं। लेकिन यही एप्रोच हमारे उन सवालों के जवाब भी देती है जिन्हें सुनने का साहस हम धीरे-धीरे खोते जा रहे हैं।

पात्रों को लेकर मेरे अन्दर कभी ऐसा कोई आग्रह नहीं रहा। ज्यादातर पात्र जीवन-जगत से लिए गये हैं। कुछ पात्रों को मैंने उसी रूप में लिया है जैसे वे हैं। मेरा मानना है कि एक लेखक को दूसरे पात्रों की अपेक्षा अपने उन पात्रों के प्रति कहीं ज़्यादा निर्मम होना चाहिए जिन्हें वह अपने ज़्यादा नजदीक मानता है। यानी एक रचनाकार अगर अपने उन पात्रों के प्रति निष्ठुर और निर्मम नहीं होगा, जिनसे उसका कहीं-न-कहीं कोई रागात्मक और भावनात्मक लगाव है, तो समाज के लिए अन्य पात्रों के साथ वह न्याय नहीं कर पायेगा। मंगतू, छोटे लाल, गुलकन्दी, नबी खाँ, बुहन, मनीला, हरसाय, रोबज़, सुलेमान, जुम्मा मनिहार जैसे

पात्र वास्तविक जीवन में ठीक ऐसे हैं जैसे उन्हें दिखाया गया है। हालाँकि इन पात्रों की वास्तविक जीवन में कोई हैसियत भले न हो लेकिन समाज की मुख्य धुरी और प्रमुख इकाई भी यही होते हैं। चौधरी करीम हुसैन और चौधरी मुर्शीद अहमद इन दो पात्रों का चयन लाख जोखिम भरा निर्णय था क्योंकि इन दोनों का जैसा वास्तविक रेखाचित्र खींचा गया है, इससे इनकी पहचान मुश्किल नहीं है।

हाँ, सलेमी के बारे में प्रायः यह पूछा जाता है कि क्या वास्तविक जीवन में सचमुच ऐसा कोई व्यक्ति था? मैं यहाँ ईमानदारी से कहूँ तो ऐसा मुकम्मिल व्यक्ति मिलना असम्भव है। सच तो यह है कि सलेमी केवल एक व्यक्ति भर नहीं है बल्कि अनेक सापेक्ष सोच वाले व्यक्तियों के गुणों का मिश्रण है सलेमी। वास्तव में ऐसे चरित्र या पात्रों का निर्माण लेखक स्वयं करता है। परोक्ष रूप से ऐसे पात्रों के द्वारा लेखकीय सोच प्रतिपादित होती है।

अगर इस उपन्यास के बारे में किसी बड़ी चुनौती और अपने डर के बारे में कहूँ, तो वह है इसके पात्रों के संवादों की चुनौती। मेरा मानना है कि दृश्य से लेकर परिवेश, पात्रों के द्वन्द्व से लेकर उनकी भंगिमाओं जैसे सूक्ष्म और विश्लेषणात्मक विवरण एक लेखक को अपने शब्दों के माध्यम से प्रस्तुत करने होते हैं। सिनेमा की तरह पाठक को इसमें यह छूट नहीं होती है कि वह सामने देखकर यह मान ले कि पर्दे पर जो परिवेश रचा गया है, पर्दे के कलाकारों द्वारा जो वेशभूषा धारण की हुई है यह किस क्षेत्र विशेष की है। पर्दे पर पात्रों के संवाद विशुद्ध ललित निबन्धनीय भाषा में भी हों तो कोई फर्क नहीं पड़ता। लेकिन साहित्य, विशेषकर कथा साहित्य में परिवेश, दृश्य, संवाद, भंगिमाएँ, आचार-व्यवहार सब शब्दों के द्वारा ही निर्मित किया जाता है। शब्दों के द्वारा ही रचना की प्रामाणिकता सिद्ध होती है।

यह एक बड़ी चुनौती थी कि उपन्यास के पात्रों के संवादों में मेवाती बोली का प्रयोग करूँ या निबन्धनीय भाषा का। कहानी में तो यह प्रयोग काफी हद तक मान्य है और कुछ कहानियों में मेवाती बोली का प्रयोग किया भी है लेकिन एक बड़े कैनवस के उपन्यास में यह किसी जोखिम से कम नहीं था। वह भी तब जब इस बोली का इससे पहले किसी लेखक ने प्रयोग ही न किया हो। इसके लिए मैंने भारतीय बोलियों और उप-बोलियों का अध्ययन किया, तो पाया कि जिन आठ-दस बोलियों ने हिन्दी भाषा को समृद्ध बनाने में अपना योगदान दिया है, मेवाती भी उनमें से एक है। दरअसल मेवाती खड़ी बोली का ही एक रूप है जिस पर सबसे अधिक प्रभाव ब्रज का है। इसीलिए मैं ब्रज के कवि अब्दुर्रहीम खानखाना को ब्रज की अपेक्षा मेवात का कवि मानता हूँ। मेवात का इसलिए कि अब्दुर्रहीम खानखाना मेवात के आख़िरी मेव सरदार हसन खाँ मेवाती के

चचेरे भाई जमाल खाँ का नाती था। जमाल खाँ की दो लड़कियाँ, जिनमें से बड़ी लड़की शाहबानू बेगम, का निकाह अकबर के साथ हुआ था, और छोटी लड़की सलीमा बेगम जिसका निकाह अकबर के वजीर बैरम खाँ के साथ हुआ, रहीम इसी सलीमा बेगम का पुत्र था।

मेरी रचनाओं की पृष्ठभूमि वास्तविक जीवनानुभवों पर आधारित होती हैं, इसलिए इनके चरित्र एवं पात्र भी वास्तविक जीवन से लिए गये होते हैं। दरअसल हम चरित्र और पात्र के मूल अन्तर को अनदेखा कर जाते हैं। हालाँकि यह किसी योजना के तहत नहीं होता है लेकिन किसी भी रचना के चरित्र और पात्रों को साफ पहचाना जा सकता है। पात्र तो किसी रचना में अनगिनत हो सकते हैं परन्तु चरित्र कुछ ही होते हैं। इन चरित्रों के इर्द-गिर्द ही पूरी कथा का ताना-बाना बुना होता है। हाँ, कल्पना का अंश होता है तथा होना भी चाहिए क्योंकि बिना कल्पना लेखकीय विचारों, चरित्र अथवा पात्रों के माध्यम से दर्शाये गये उसके द्वन्द्व को पकड़ना मुश्किल होता है। जैसे-जैसे पात्रों के विचारों का विस्तार होने लगता है, वैसे-वैसे लेखकीय कल्पना का भी विस्तार होने लगता हैं मुझे लगता है। कि कभी-कभी ऐसे चरित्र अथवा पात्र के चरित्र-निर्माण में कल्पना का सहारा तब कहीं ज्यादा लिया जाता है, जब मानवीय विषमताओं और विद्रूपताओं के अतिक्रमण की उससे अपेक्षा की जाती है। दूसरे शब्दों में कह सकते हैं कि जब ऐसे पात्रों के माध्यम से लेखक मनुष्य और समाज के अन्तर्द्वन्द्वों की टकराहट से पाठक को रू-ब-रू कराने का प्रयास करता है। सच तो यह है कि हर रचना का हर चरित्र अथवा पात्र लेखक का ही प्रतिरूप होता है। ऐसे अतिक्रमण आम जन-जीवन के वास्तविक पात्रों के लिए एक दुष्कर और असम्भव-सा लगने वाला कार्य होता है लेकिन यही अतिक्रमण इन पात्रों अथवा चरित्रों के माध्यम से एक कृति को अविस्मरणीय और ऐतिहासिक बनाता है। ऐसे पात्र या चरित्र के गुण-दोष अकेले उसी के गुण-दोष नहीं होते हैं अपितु उस सभी के होते हैं जिनकी कल्पना एक लेखक अपनी आन्तरिक रचना-प्रक्रिया के अन्तर्गत करता है। जहाँ तक मेरे पात्रों का प्रश्न है उनमें लेखक से अधिक समाज के उस व्यक्ति की प्रतिच्छाया कहीं अधिक होती है, जिसकी एक इकाई के रूप में सामाजिक संरचना में महत्त्वपूर्ण योगदान होता है। यहाँ तक कि कभी-कभी लेखक को अपने प्रति इतना निष्ठुर और निर्मम होना पड़ता है कि उसे स्वयं उसके पात्रों से जूझते हुए महसूस किया जा सकता है। आत्मकथा में यह निष्ठुरता और निर्ममता कतई सम्भव नहीं है। जो लेखक ऐसा करने और कहने का दावा करता है वह यकीनन अपने आपसे झूठ बोल रहा है।

जहाँ तक मेरे प्रिय पात्र का प्रश्न है उसके बारे में बताना थोड़ा मुश्किल है। फिर भी, मुझे वे पात्र अधिक प्रिय हैं जो रह-रहकर अपने आपमें टूटते हैं, और टूटने के बाद फिर से तनकर खड़े हो जाते हैं। मेरी रचनाओं की जो कथाभूमि और जो पृष्ठभूमि होती है उसके चलते मेरी रचनाओं के ज्यादातर पात्र ऐसे हैं जो विषमताओं में रहकर भी जीवन को जीने में पूरा विश्वास रखते हैं। 'भूकम्प' की पारो, 'मेहराब' की कलबत्ती, 'रंग-अबीर' का वहीद, 'सूर्यास्त से पहले' की कमला, 'लेकिन' की आयशा, 'काला पहाड़' का सलेमी तथा छोटेलाल, नबी खाँ, रोबड़ा, 'बाबल तेरा देस में' की शकीला, मुमताज, पारो, असगरी ऐसे ही पात्र हैं। सच तो यह है कि मुझे अपने सभी पात्र प्रिय हैं। प्रिय इसलिए कि जीवनानुभवों की दृष्टि से मैं इन्हें अपने अधिक नजदीक पाता हूँ। जो पात्र सामाजिक-आर्थिक दृष्टि से उपेक्षित और शोषित हैं मेरी नजर में यही समाज की सबसे महत्त्वपूर्ण इकाई है। मेरी रचनाओं की सबसे बड़ी ताकत मेरे ऐसे ही पात्र हैं।

अब तक के अपने सबसे अधिक चुनौतीपूर्ण पात्रों में मैं 'काला पहाड़' के सलेमी तथा 'बाबल तेरा देस में' की शकीला और मुमताज को मानता हूँ। इन पात्रों के चुनौतीपूर्ण होने के अलग-अलग आधार और कारण हैं। सलेमी को 'काला पहाड़' का केन्द्रीय पात्र बनाते समय मुझे बार-बार लगता रहा कि उसे कहाँ-कहाँ, किन-किन चुनौतियों से सामना करते हुए अपने आपमें सन्तुलन बनाये रखना है। विशेषकर एक ऐसे पात्र के लिए जो अल्पसंख्यक समुदाय से है। इसी तरह 'बाबल तेरा देस में' की शकीला को भी एक चुनौतीपूर्ण पात्र मानता हूँ। शकीला भी अल्पसंख्यक समुदाय से है लेकिन उसकी चुनौती और भी बड़ी थी क्योंकि वह मुस्लिम समाज और परिवेश के उन सवालों और चुनौतियों का सामना करती है, जिन सवालों को हिन्दू लेखक ही नहीं स्वयं मुस्लिम समाज का लेखक भी उठाने में झिझकता है। शकीला और मुमताज के माध्यम से मैंने धर्म की आड़ में पुरुष द्वारा बनायी गयी उस व्यवस्था और सवालों से सीधे-सीधे मुठभेड़ का प्रयास किया है, जो स्त्री की निजता, शुचिता और उसके अधिकारों का हनन करती है। इन सवालों का, विशेषकर धार्मिक कट्टरता के परिप्रेक्ष्य में उठने वाले इन सवालों को मैंने उसी परिप्रेक्ष्य में सुलझाने का प्रयास किया है। शकीला और मुमताज कहने को एक सम्प्रदाय विशेष या धर्म विशेष के पात्र हैं लेकिन उनकी समस्याएँ और उनके दुःख पूरी स्त्री-जाति के हैं। दूसरे समुदाय के धार्मिक सन्दर्भों में इन समस्याओं को उठाना मेरी नजर में चुनौतीपूर्ण होने के साथ-साथ बेहद संवेदनशील भी है। मैं अपने जिन पात्रों में से एक और को चुनौतीपूर्ण पात्र मानता हूँ वह है 'बस, तुम न होते पिताजी' कहानी का जगत।

जगत इसलिए चुनौतीपूर्ण लगा क्योंकि परिवार में पिता जैसे श्रद्धेय रिश्ते के बावजूद वह अपने पिता की कारगुजारियों के प्रति इतना निर्मम हो जाता है कि पिता की मृत्यु के बाद वह उसकी तस्वीर तक घर में लगाने के विरोध में खड़ा हो जाता है। यह निर्ममता आप अपनी आत्मकथा में नहीं दिखा सकते हैं। सलेमी इस मायनें में चुनौतीपूर्ण है कि भारतीय परिवेश में जहाँ आज जाति और धर्म का स्थान मनुष्य से ऊपर हो गया हो, तब ऐसे चरित्रों अथवा पात्रों की भूमिका महत्त्वपूर्ण तथा चुनौतीपूर्ण हो जाती है। वास्तव में हम इस तथ्य को नजरअन्दाज कर जाते हैं कि आधुनिक कहे जाने वाले इस युग में हम हिन्दू अथवा मुसलमान पहले हैं—दलित, पिछड़े या सवर्ण बाद में। आज भी जब कहीं साम्प्रदायिक उन्माद फैलता है, तो हम वर्णवादी व्यवस्था को भूल तुरन्त हिन्दू अथवा मुसलमान हो जाते हैं। आश्चर्यजनक तो यह है कि हमारे बुद्धिजीवी और लेखकगण इस मुद्दे पर चुप्पी साधने लगे हैं। जबकि वे ही मौका-बेमौका इसी व्यवस्था को अपने हालात के लिए जिम्मेदार मानते हैं। सच तो यह है कि इन्हीं शक्तियों के साथ मिलकर इन्हें सत्ता-सुख के लिए गुपचुप तरीके से सौदेबाजी भी करते हुए देख जा सकता है। ऐसे मुश्किल समय में सलेमी जैसे लोग आखिर उम्मीद करें भी तो किससे करें? लेकिन नहीं, सलेमी जैसे लोग ही एक उम्मीद और विश्वास के सहारे हमारी मिली-जुली सांस्कृतिक एकता को बनाये और बचाये हुए हैं। छोटेलाल जैसे दबे-कुचले वर्ग दलित-पिछड़ों और अल्पसंख्यकों के बीच सदियों से चली आ रही इस जुगलबन्दी के ये दोनों पात्र एक उदाहरण के रूप में देखे जा सकते हैं।

यह बताना तो कठिन है कि मैं भविष्य में किस तरह का पात्र रचना चाहता हूँ क्योंकि पता नहीं कौन-सा पात्र अभी अपने रचने का इन्तजार कर रहा है। फिर भी मेरा मन मेवात के दो महानायकों को अपने चरित्र के रूप में रचने का है। पहला है, महाभारत पर आधारित 'पँडून को कड़ा' के रचयिता तथा मेवात के जनकवि सादल्ला, जिसके दोहे मेवातियों की रग-रग में समाए हुए हैं। दूसरा चरित्र है मेवात का अन्तिम शासक हसन खाँ मेवाती। वही हसन खाँ मेवाती जिसने बाबर की लाख कोशिशों के बावजूद उसके साथ मिलने के बजाय, उसके विरुद्ध राणा साँगा के साथ मिलकर युद्ध किया था। क्योंकि मुझे वही पात्र कहीं ज्यादा प्रभावित करते हैं जिनकी निष्ठा मनुष्य और जीवन के प्रति अधिक और ईमानदार होती है। ऐसे चरित्रों अथवा पात्रों की कल्पना अथवा संरचना ही समाज और मनुष्य को बचाने का प्रयास है। ऐसे पात्रों या कहिये लोगों की आस्था से ही जीवन बचा हुआ है। जब तक ये बचे हुए हैं लेखक भी बचा हुआ है।

मुझे नहीं लगता है कि कथा-साहित्य में एक ही तरह के पात्र बार-बार दोहराए

जा रहे हैं। असल में कभी-कभी ऐसा लगता है। इसका कारण यह है कि हमारे सामने रह-रहकर ऐसी रचनाएँ आने से ऐसा भ्रम होने लगता है। वास्तव में हम पूरे कथा-साहित्य को पढ़ना तो दूर रहा, देख भी नहीं पाते हैं। जिसे पढ़ते या देखते हैं वह पूरा परिदृश्य नहीं होता है। हमारे यहाँ विशेषकर हिन्दी कथा-साहित्य में पिछले कुछ अरसे से एकाएक कुछ ऐसी प्रवृत्तियों का उदय हुआ है जो लेखक को चर्चा अथवा केन्द्र में तो ला देती हैं किन्तु समय की निर्ममता उनको माफ नहीं करती है। इन प्रवृत्तियों को बढ़ाने में जो लोग समिधा डालने का कार्य कर रहे हैं उनका इतिहास में कहाँ स्थान होगा, कहना मुश्किल है क्योंकि इसका फैसला तो समय को करना है।

सच कहूँ, मैंने विश्व कथा-साहित्य तो दूर रहा, भारतीय कथा-साहित्य भी पूरा नहीं पढ़ा है। इसलिए यह कहना मेरे लिए मुश्किल है कि किस पात्र ने मुझे सर्वाधिक प्रभावित किया है।

हिन्दी के जो उपन्यास मुझे बेहद प्रिय हैं उनमें 'आधा गाँव', 'मैला आँचल', 'परती परिकथा', 'झीनी-झीनी बीनी चदरिया', 'काला जल' प्रमुख हैं। 'आधा गाँव' और 'मैला आँचल' उपन्यासों को पढ़ते हुए मुझे कभी इनके संवादों को समझने में कोई कठिनाई नहीं हुई। बल्कि इन्हें पढ़ते हुए कथा रस का जो आनन्द इनके पात्रों द्वारा संवादों में प्रयोग की गयी बोलियों में आता है वह अद्भुत है। मैं इन दोनों उपन्यासों को भाषिक रूप से महत्त्वपूर्ण मानता हूँ, क्योंकि इनकी व्यापक स्वीकृति ने हिन्दी कथा-साहित्य, विशेषकर उपन्यासों के लिए ऐसा मार्ग प्रशस्त किया कि आज सबसे अधिक चर्चित और लोकप्रिय वही उपन्यास है जिसमें गाँव-देहात अपने मूल रूप में आया है। इसी से प्रोत्साहित होते हुए मैंने 'काला पहाड़' में मेवाती संवादों का ही प्रयोग किया और आश्चर्यजनक रूप से पाया कि पाठकों ने इसका पूरा रस और आनन्द लिया। 'काला पहाड़' की व्यापक स्वीकृति के पीछे एक कारण संवादों के रूप में प्रयोग की गयी मेवाती भी रही है, जिसका लोक-साहित्य आज भी लिखित न होकर मौखिक परम्परा तक ही सीमित है।

किसी भी कृति की रचना-प्रक्रिया में उस इतिहास, समाज, पात्रों, उपाख्यानों और घटनाओं की भी बड़ी तथा महत्त्वपूर्ण भूमिका होती है, जिनका सरसरी तौर पर तो उस रचना से सीधा किसी तरह का सम्बन्ध और तारतम्य बैठता नजर नहीं आता, लेकिन इनके बिना उस कृति की मूल संवेदना को समझना मुश्किल है। ये उन छोटी-छोटी सरिताओं की तरह होती हैं जो आपस में विलीन होकर एक बड़ी नदी का रूप लेती हैं। अगर मैं कहूँ कि 'काला पहाड़' मेवाती लोक-मानस का समाजशास्त्रीय अध्ययन भी है तो इसमें अतिशयोक्ति नहीं होगी। मैं जब

मेवाती लोक-मानस की बात करता हूँ तो मेरा आशय किसी समुदाय विशेष की ओर नहीं बल्कि उस पूरे मानस से है, जिससे मिलकर इस मेवाती लोक का निर्माण हुआ है। मेव समुदाय की बाहुल्यता के कारण इस लोक को कहीं गहरे तक इनकी जीवन-शैली प्रभावित करती है। इसलिए अगर मैं ईमानदारी से कहूँ तो 'गोदान' से कहीं अधिक वे उपन्यास ज़्यादा प्रिय हैं जिनका मैं पूर्व में उल्लेख कर चुका हूँ। लेखकों में विशेषकर मानव और समाजशास्त्रियों में प्रो. एम. एन. श्रीनिवास तथा प्रो. श्यामाचरण दुबे रहे हैं। मुझे अपने लोक की व्यापकता को समझने में इन लेखकों की रचनाओं ने बहुत मदद की। बल्कि कहूँ मेरी उत्प्रेरणा का स्रोत यही रहे हैं। अब आप इससे सहमत हों, या न हों यह अलग बात है लेकिन मेरा दृढ़ विश्वास है कि जो रचनाकार अपने और अपने लोक के प्रति सजग, ईमानदार किन्तु निर्मम है, वही रचनाकार जीवन के बीहड़ों और बियाबानों से गुजरने का साहस कर सकता है।

पत्रकारिता के आदर्श प्रतिरूप

यद्यपि 25 मार्च, 1931 के उस रक्तरंजित दिन को बीते काफी वर्ष गुजर चुके हैं जब एक अमर क्रांतिकारी और प्रमुख पत्रकार गणेश शंकर विद्यार्थी को एक उन्मादी भीड़ की हिंसा का शिकार होना पड़ा था लेकिन उनका स्मरण आज भी समाजसेवियों के लिए प्रज्वलित मशाल की तरह प्रकाशदायी है। केवल 40 वर्ष की अवस्था में उन्होंने अपना बलिदान देश में साम्प्रदायिक सद्भाव स्थापित करने के प्रयास में दे दिया।

गणेश शंकर विद्यार्थी का बलिदान अकारण नहीं गया। वह निडर और साहसी थे, मगर अविवेकी नहीं थे। कार्य सिद्धि का ध्यान रखते थे, परन्तु आदर्श को खोकर नहीं। वह राजनीतिज्ञ थे, परन्तु दलवादी नेता नहीं, उनकी सहानुभूति व्यापक व सीमा रहित थी। उस समय का कोई आन्दोलन ऐसा नहीं था, जिसमें विद्यार्थीजी की आत्मा कहीं न बोली हो—उनका 'प्रताप' न चमका हो। उनकी उदारता, उच्चाशयता और बड़प्पन देशवासियों को भुलाए नहीं भूलेगा।

देश को एकता के सन्दर्भ में विद्यार्थीजी ने कहा था—"हमें देश में एकता बनाये रखनी है—किसी भाव की भी एकता। एकता-राष्ट्रीय उन्नति का मूलमंत्र है। अर्वाचीन राष्ट्रीयता की नींव मजहब नहीं, वरन देश है।"

गणेश शंकर विद्यार्थी का जन्म 26 अक्तूबर, 1890 को संभ्रांत श्रीवास्तव कुल में प्रयाग में हुआ था।

लड़कपन से विद्यार्थीजी की बुद्धि बड़ी तीव्र थी। कठिन से कठिन विषय को वह बड़ी शीघ्रता से समझ लेते थे। अन्याय व अत्याचार के विरुद्ध आवाज उठाने की मनोवृत्ति उनमें बचपन से ही थी। दिसम्बर, 1909 को विद्यार्थीजी पं. पृथ्वीनाथ हाईस्कूल में अध्यापक हो गये। उन दिनों श्री सुन्दरलालजी के 'कर्मयोगी' की बड़ी धूम थी—वह बहुत भयानक चीज समझी जाती थी। एक दिन स्कूल के अवकाश के समय वह 'कर्मयोगी' पढ़ रहे थे। मास्टर संजीवनलाल ने इस पर आपत्ति की

और आपस में कुछ कहा-सुनी हो गयी। इस घटना के बाद 5 दिसम्बर, 1910 को विद्यार्थी जी ने स्कूल से त्यागपत्र दे दिया।

साहित्य और पत्रकारिता को समर्पित

सन् 1911 से विद्यार्थीजी ने हिन्दी अखबारों में लेख और टिप्पणियाँ लिखनी शुरू कीं, पहले 'कम-योगी' में और फिर 'अभ्युदय' में टिप्पणियाँ लिखने लगे। 2 नवम्बर 1911 से वे 'सरस्वती' के सम्पादन में सहायता करने लगे। इन्हीं दिनों विद्यार्थीजी ने शेखचिल्ली की कहानियों का अंग्रेजी से हिन्दी में अनुवाद किया। वह उनकी हिन्दी की पहली पुस्तक थी।

गणेशजी की रुचि राजनीति-प्रधान थी अतः वे 'अभ्युदय' में चले गये। यहाँ उन्होंने 29 दिसम्बर, 1912 से 23 सितम्बर, 1913 तक काम किया। उन्होंने बर्नार्ड शा, अपटन सिक्लेयर शैली, स्टूअर्ट मिल, टालस्टाय, स्पेंसर, रूसी मोपासां, कारलाइल, ब्योरो, रस्किन, टेनीसन, शेक्सपियर, अनातोले फ्रांस आदि विदेशी राजनीतिक और साहित्यक पुस्तकें पढ़ीं। विदेशी लेखकों में विक्टर ह्यूगो के 'लामि जरेबिल' का अनुवाद 1930 में हरदोई जेल में पूरा किया और उसका नाम 'आहुति' रखा। 1921 में ही विक्टर ह्यूगो के 'नाइंटी थ्री' नामक उपन्यास का अनुवाद हिन्दी में किया, जिसका नाम 'बलिदान' रखा।

संवत 1970 की देवोत्थानी एकादशी को विद्यार्थीजी ने साप्ताहिक 'प्रताप' का प्रकाशन शुरू किया। अपने मित्रों की मदद से 'प्रताप प्रेस' की स्थापना की। विद्यार्थी जी 'प्रताप' में सुन्दर, रोचक लेख व ओजपूर्ण भाषा में सम्पादकीय टिप्पणियाँ लिखा करते थे।

उनके लिए लक्ष्य सर्वोपरि था

पत्रकारिता जगत में विद्यार्थीजी ने अपने परिवर्तन से विशेष प्रसिद्धि प्राप्त कर ली थी। वे इस बात पर बराबर ध्यान रखते थे कि 'प्रताप' में इस ढंग से कोई लेख, कविता न छपे जो पाठकों की रुचि के विरुद्ध हो। पत्रकार-कला के सम्बन्ध में विद्यार्थी जी के विचार स्मरण रखने योग्य हैं।

'संसार के अधिकांश समाचार-पत्र पैसा कमाने तथा झूठ की सच तथा सच को झूठ सिद्ध करने में लगे हुए हैं। ज्यादातर बड़े समाचार-पत्र धनी-मानी लोगों के द्वारा संचालित होते हैं। अपने संचालकों या अपने दल के विरुद्ध सच बात कहना तो दूर की बात है, उनके पक्ष के समर्थन के लिए वे हर तरह के हथकंडों को काम में लेना अपना नित्य का धर्म समझते हैं। इस कार्य में वे इस बात पर

विचार करना आवश्यक नहीं समझते कि सत्य ही उनके ग्रहण करने की वस्तु है। वे तो अपने मतलब की बात चाहते हैं। संसार में इने-गिने पत्रों को छोड़कर सब ऐसा ही कर रहे हैं। बहुत कम ऐसे लोग हैं जो इस बात पर विचार करते हैं कि हमें सच्चाई की लाज रखनी है।'

गणेशजी के पिता अत्यन्त सरल प्रवृत्ति के थे। अध्यापक का कार्य कर वे जीवनयापन करते थे। ग्वालियर को वे छोड़ना नहीं चाहते थे, अतः अपने व्यस्त जीवन में कठोर परिश्रम करने की आदत हो गयी थी और इसी ईमानदारी और चरित्र के कारण वे सर्वत्र माननीय थे।

एक बार 'प्रताप' में ग्वालियर रियासत के शासन के सम्बन्ध में एक जोरदार टिप्पणी निकली। तत्कालीन ग्वालियर के महाराजा माधवराव सिंधिया ने उसे पढ़ा तो वे तिलमिला उठे। जब उन्हें ज्ञात हुआ कि इस पत्र का सम्पादक बाबू जयनारायण लालजी का पुत्र गणेश शंकर है तो उन्होंने इसकी शिकायत उनके पिता से की। पिता बड़े ही सरल व सीधी प्रकृति के थे। उन्होंने गणेश को ग्वालियर बुलाकर 'क्षमा याचना' कराने का वचन दिया। पिताजी की आज्ञा पाकर गणेशजी ग्वालियर पहुँचे और जब पिताजी ने इसका जिक्र किया तो इस पर विद्यार्थीजी ने कहा, 'आप नौकरी छोड़कर मेरे साथ कानपुर में रहिए। 'प्रताप' के सम्पादक के नाते जो मेरा कर्त्तव्य है उसे मैं कभी नहीं छोड़ सकता हूँ।'

इस पर पिताजी चुप रहे। दबी जबान से उन्होंने उनसे ग्वालियर के महाराज से मिलने को कहा—'बेटा, जिद नहीं करते, आखिर वे अन्नदाता हैं, महाराज हैं। उनसे मिलना एक सौभाग्य है।'

विद्यार्थी चुप रहे। मौन रूप में उन्होंने मिलने की स्वीकृत दे दी। विद्यार्थीजी ग्वालियर आये और महाराजा से मिले।

शिष्टाचार के बाद राजा साहब ने 'प्रताप' में प्रकाशित उस आलोचना की ओर गणेश शंकर जी का ध्यान आकर्षित किया और कहा—'हम चाहेंगे कि भविष्य में ग्वालियर स्टेट की शासन व्यवस्था पर कोई कटु और कठोर आलोचना नहीं करोगे।'

विद्यार्थीजी ने ग्वालियर नरेश को अत्यन्त तेजस्वितापूर्ण शब्दों में उत्तर देते हुए कहा—'महाराज साहब, बाबू जयनारायण लाल—अध्यापक, ग्वालियर रियासत के पुत्र के नाते, मैं ग्वालियर राज्य के प्रति अवश्य निष्ठावान रहूँगा, परन्तु क्षमा करेंगे, 'प्रताप' के सम्पादक के नाते मेरे जो कर्त्तव्य हैं उनके पालन के लिए भी मैं विवश हूँ।'

अन्त में महाराज ने दाँव बदलते हुए कहा—'अच्छा, मैं आपके विचारों की

कद्र करता हूँ।' और उसी रात महाराज ने गणेशजी को रात्रि भोज दिया तथा स्वेच्छा से उन्हें एक शाल उपहारस्वरूप दिया।

कानपुर आने पर गणेश जी ने उस शाल को अपने जीवन में एक बार भी प्रयोग नहीं किया और सन्दूक में पड़े-पड़े उस कीमती शाल को कीड़े खा गये।

राजनीति, जनसेवा, हिन्दी पत्रकारिता तथा तत्कालीन देशी राज्य प्रजा का नेतृत्व उनके विशेष कार्य थे। अपनी ओजपूर्ण वाणी, आकर्षक व्यक्तित्व, ज्वलन्त-देश भक्ति, प्रखर लेखनी और सहजनिडरता से लोकमानस और देश की आकांक्षाओं तथा आशाओं का प्रतिनिधित्व करना उनका जीवन धर्म था। किसी प्रकार के प्रलोभन उनको डिगा नहीं सकते थे। ऐसे जननायक आदर्श पुंज निश्चल, परदुःखकातर और महामानव गणेश शंकर विद्यार्थीजी ने एक दिन अपने जीवन को ही देश के लिए होम दिया।

संकीर्ण क्षेत्रीयता के नये खतरनाक आयाम

1979 में असम में 'आल असम स्टूडेंट्स यूनियन' ने विदेशी नागरिकों को लेकर एक आन्दोलन चलाया था कि असम में 1951 के बाद आये हुए विदेशियों को (जिनमें बंगलादेश के नागरिक भी शामिल हैं) राज्य से बाहर निकाला जाये, यह आन्दोलन आज भी चल रहा है। इसके बाद देश के कई सीमावर्ती क्षेत्रों में ऐसी ही माँगों को लेकर कई आन्दोलन चलते रहे हैं। जहाँ तक असम का सवाल है, वह सीधा घुसपैठ का मामला था लेकिन अपने देश के लोगों को ही एक दूसरे भाग में रहने से रोकने की कोशिश होने लगे तो इसके घातक परिणाम होंगे। इस संकीर्ण क्षेत्रीयता से अनेक समस्याएँ पैदा होंगी।

ऐसी ही एक माँग कुछ समय पूर्व बिहार राज्य के सिंहभूमि जिले में उठायी गयी। वहाँ के कुछ स्वार्थी राजनीतिज्ञों ने स्वतन्त्र राज्य कोलिहस्तान की माँग की। पंजाब में तो 'खालिस्तान' की माँग ने उग्ररूप धारण कर ही लिया है। जम्मू-कश्मीर में भी वक्त-बे-वक्त कुछ इसी तरह की फुसफुसाहट सुनायी देती है।

अभी हाल में हुई एक घोषणा ने सरकार को इस बात को सोचने पर मजबूर कर दिया है कि इन समास्याओं की गम्भीरतापूर्व नहीं लिया गया तो ये आन्दोलन देश में पृथकतावादी और विघटनकारी तत्त्वों की जड़ें और मजबूत करेंगे।

संकीर्ण राजनीति

हाल ही में मुम्बई में हुए नगर निगम के चुनावों में शिवसेना को बहुमत मिला अर्थात् 170 सीटों में 74 सीटों पर शिवसेना ने कब्जा कर लिया। इसी विजय के कारण शिवसेना को कुछ 'नया' करने की सूझी और तुरन्त शिवसेना अध्यक्ष बाल ठाकरे ने असम जैसा आन्दोलन बम्बई में भी छेड़ने की घोषणा कर दी।

बाल ठाकरे ने कहा है कि बम्बई से बाहर के लोगों को बाहर निकालने का आन्दोलन छेड़ा जायेगा, क्योंकि इससे महाराष्ट्र के लोगों की गुंजाइश कम होती

जा रही है। उन्होंने कहा कि 1970 या 1974 के बाद जो लोग बाहर से आकर बम्बई में बस गये हैं, उन्हें बाहर निकाला जायेगा। उनका नारा है–'महाराष्ट्र पक्त मराठी लोकाकारिता' (महाराष्ट्र केवल मराठी भाषियों का है)।

शिवसेना अध्यक्ष बाल ठाकरे ने यह सब कहने से पहले यह नहीं सोचा कि 'असम आन्दोलन' और बम्बई में चलने वाले आन्दोलन में उत्तरी ध्रुव और दक्षिणी ध्रुव जितना अन्तर है। असम आन्दोलन विदेशी नागरिकों को लेकर चलाया गया था जबकि बम्बई आन्दोलन स्वदेशी नागरिकों को लेकर होगा।

दादा पाटिल का दाँव

जितना समर्थन असम आन्दोलन का कुछ देशवासियों ने किया उससे ज्यादा भर्त्सना बम्बई आन्दोलन और बाल ठाकरे की हो रही है। सबसे बड़ी हैरानी की बात तो यह है कि कांग्रेस (इ) पार्टी, इस राज्य के मुख्यमंत्री श्री वसन्तराव पाटिल को पार्टी का एक वफादार सिपाही मान रही थी, उसी सिपाही ने बाल ठाकरे के आन्दोलन को समर्थन दिया है। सुनने में तो यह भी आ रहा है कि कांग्रेस (स) अध्यक्ष शरद पवार भी चुपचाप अपना समर्थन दे चुके हैं। इसलिए कुछ प्रेक्षकों का कहना है कि इस आन्दोलन की अगुआई शिवसेना के अध्यक्ष बाल ठाकरे, कांग्रेस (स) अध्यक्ष शरद पवार और मुख्यमंत्री वसंत राव पाटिल तीनों मिलकर करेंगे। मुख्यमंत्री पाटिल को अब अपने ऊपर पूरा विश्वास हो गया है कि केन्द्र सरकार के कुछ उल्टा-सीधा कहने पर शिवसेना व कांग्रेस (स) का पूरा समर्थन उन्हें मिल सकता है।

आधार वर्ष के सम्बन्ध में वसंत राव पाटिल ने कहा है कि यदि बम्बई में आधार वर्ष 1974 नहीं रखा जाता है तो 1985-86 होना चाहिए। जबकि बाल ठाकरे ने आधार वर्ष 1970 या 1974 माना है।

ठाकरे का चिन्तन

बाल ठाकरे का कहना है कि बम्बई हरेक के लिए चाहे वह बांग्लादेश का हो या बिहार अथवा उत्तर प्रदेश का हो, अपने दरवाजे खुले रखने के कारण 'गेट वे ऑफ इंडिया' बन चुकी है।

अब प्रश्न उठता है कि कागजी शेर बाल ठाकरे को यह सिद्धान्त कैसे सूझा? दरअसल डेढ़ दशक पहले उन्होंने जो 'भूमिपुत्र' का सिद्धान्त चलाया था, जो पुराने कांग्रेसी नेता विधान चन्द्र राय के ही 'भूमिपुत्र' सिद्धान्त का मराठी संस्करण है वह तमिलनाडु, कर्नाटक और गोवा के रास्ते होते हुए फिर

बम्बई में आकर अपना चक्र पूरा कर रहा है। इस लम्बे समय में 'भूमिपुत्र' का सिद्धान्त लगभग सो गया था किन्तु शिवसेना के पुनः आने पर बाल ठाकरे फिर उस सिद्धान्त की हवा दे रहे हैं।

विदित है कि बाल ठाकरे स्वयं को 'कम्युनिस्टों' का दुश्मन नम्बर एक कहते हैं। मुसलमान उनमें स्थायी परहेज रखते हैं। एक अमेरिकी अखबार ने तो उन्हें शुद्ध 'फासिस्टवादी लिखा है। श्रीपाद अमृत डांगे उन जैसा 'साम्प्रदायिक' किसी दूसरे को नहीं मानते।

जहाँ तक असम का सवाल है उनकी माँग विदेशियों को निकालने की है अतः यह काफी उचित है। लेकिन क्या बम्बई में आने वाले लोग विदेशी हैं? क्या कोल्हापुर या कोंकण से आने वाले मराठी भाषी लोगों को रहने दिया जायेगा और गोरखपुर, फैजाबाद या लखनऊ तथा दूसरे राज्यों से आने वाले लोगों को बम्बई से निकाला जायेगा?

क्या रिहाइश नेता तय किया करेंगे?

आखिर शिवसेना या उसके वरिष्ठ नेताओं को ऐसी माँग रखने का क्या हक है? क्या भारत में महानगरों के नेता अब स्वयं यह तय करेंगे कि किसको राज्य या महानगर में रखना है अथवा नहीं? और फिर केन्द्र सरकार उनकी बेबुनियाद माँगों को पीठ फेरकर सुनती रहेगी?

इस स्थिति में यह आवश्यक हो गया है कि केन्द्र सरकार इन अलगाववादी और राष्ट्र विरोधी तत्त्वों से निपटने के लिए कड़े कदम उठाये। इस स्थिति को देखते हुए कहा जा सकता है कि भविष्य में भारत के हर सौवें मील पर हरेक व्यक्ति को अपना पासपोर्ट दिखाना पड़ेगा।

अब समय आ गया है कि सरकार इन समस्याओं को गहराई से ले, अन्यथा आग लगने पर घर में कुँआ खोदने से क्या लाभ होगा?

खेलना हिन्द महासागर की लहरों से

यदि भारत सरकार अपने कर्मचारियों को चार वर्ष में दी जाने वाली लम्बी यात्रा की सुविधा प्रदान न करे, तो मैं यह पूरे यकीन के साथ कह सकता हूँ कि हमारे परिवारों के असंख्य वृद्धों और माता-पिताओं को अपने धार्मिक तथा तीर्थस्थलों पर जाने का अवसर ही नसीब न हो। अपने देवी-देवताओं तथा पूजा-स्थलों तक जाने की मुराद कभी पूरी ही न हो। इसलिए सरकार द्वारा प्रदान की जाने वाली इस एल.टी.सी. सुविधा का लाभ अधिसंख्यक कर्मचारी भ्रमण अथवा यात्रा के बहाने अपने माता-पिताओं को इन तीर्थों के दर्शन कराने के रूप में उठाते हैं। शायद इसलिए भारत भ्रमण का हमारे यहाँ अर्थ परोक्ष रूप से अपने देवी-देवताओं और पूजा-स्थलों का दर्शन मान लिया गया।

अपने 25 वर्षों की सेवा के दौरान मैंने भी इस सुविधा का पहली बार लाभ लेते हुए दक्षिण भारत का भ्रमण करने का मन बनाया, वह भी अकेले नहीं सपरिवार। यहाँ एक तथ्य का उल्लेख करना आवश्यक है कि अधिकतर उत्तर भारत के कर्मचारी जब दक्षिण भारत की यात्रा इस सुविधा के अन्तर्गत करते हैं, तो उनका अन्तिम पड़ाव होता है कन्याकुमारी। इसका सीधा-सा कारण यह है कि यह स्थान इस देश के धुर दक्षिण क्षेत्र का अन्तिम सिरा है। इससे आगे आवागमन नहीं है—सिवाय अनन्त तक फैले हिन्द महासागर की ऊँची-ऊँची उठती लहरों के। यहाँ जाने के बाद एक अहसास तो यह होता है कि चलो अपने देश का अन्तिम सिरा छू लिया। दूसरा, उस समुद्र को देखने की इच्छा पूरी हो जाती है। जिसे हम महज मानचित्रों के दक्षिण सिरे पर आसमानी नीलिमा के रूप में देखते हैं। मुझे नहीं पता कि ऐसे कितने कर्मचारी हैं इस देश के जो इस सुविधा का लाभ उठाते हुए बार-बार भ्रमण पर जाते होंगे, लेकिन मेरा मानना है कि ज्यादातर एक या दो बार से अधिक इस सुविधा का लाभ नहीं उठा पाते होंगे। मुझे भी ऐसा लगता है कि शायद अपने परिवार के साथ मैं फिर कभी दक्षिण भारत की यात्रा कर पाऊँगा। कारण इसका यह है कि यदि ऐसा अवसर आया

भी तो बेटा और बेटी अपने पिता के ऊपर तब निर्भर नहीं रहेंगे। सरकार यह सुविधा उन्हीं बच्चों को देती है जो अपने माता-पिता पर निर्भर रहते हैं अर्थात् शादी होने अथवा स्वतंत्र रूप से नौकरी करने के बाद नहीं।

अपने इस दस-दिवसीय भ्रमण के दौरान केरल, तमिलनाडु, पांडिचेरी तथा आंध्र प्रदेश के त्रिवेंद्रम, कन्याकुमारी, मदुरै, रामेश्वरम्, पांडिचेरी, तिरुपति, चेन्नई जैसे महत्त्वपूर्ण दर्शनीय तथा मनोरम स्थलों की यात्रा की। इस यात्रा के दौरान उत्तर और दक्षिण भारत का एक फर्क साफ दिखाई दिया और वह यह कि जिन मामलों में हमारे उत्तर भारत में अराजकता तथा निरंकुशता का बोलबाला है, वह एक हद तक दक्षिण भारत के काफी व्यवस्थित और नियंत्रित है। इस फर्क को सार्वजनिक परिवहन व्यवस्था के रूप में देखा जा सकता है। दक्षिण भारत की सार्वजनिक परिवहन व्यवस्था उत्तर की अपेक्षा काफी सस्ती और अनुशासित है। इसका अहसास हमें तब हुआ जब हमने पूरे दक्षिण भारत की यात्रा राज्य परिवहन की बसों से की। बसों का किराया सस्ता होने के साथ-साथ, इनके आगमन और प्रस्थान का समय काफी नियन्त्रित है। हमारे उत्तर भारत के राज्यों को इनसे कुछ सबक लेना चाहिए। लेकिन बावजूद इसके स्वयं दक्षिण भारत के राज्यों और इनके शहरों में उत्तर और दक्षिण जैसा अन्तर भी देखा जा सकता है। जहाँ केरल की राजधानी तिरुवनंतपुरम एक शिक्षित राज्य के शिक्षित शहर का अहसास दिलाता है, वहीं तमिलनाडु की राजधानी और चार महानगरों में से एक चेन्नई तथा देश की राजधानी और महानगर दिल्ली के चरित्र में बेहद समानता है। अपनी इस यात्रा के अन्तिम पड़ाव के दौरान यह चरित्र देखने को मिला। मैं सिर्फ दिल्ली को ही जाहिलों और संस्कृति-विहीनों का टापू समझता था, लेकिन यह भ्रम चेन्नई जाने के बाद टूट गया। शायद हमारे महानगरों का चरित्र ही ऐसा है। आखिर हमारे महानगरों का ऐसा चरित्र क्यों है इस पर आगे चर्चा करूँगा।

अपनी इस यात्रा को मैं देश के दो विपरीत धुरों की सामाजिक और सांस्कृतिक तुलना के रूप में अधिक देखता हूँ। मैंने चीजों को इसी रूप में जानने का प्रयास किया है। चाहे वह धार्मिक कर्म-कांड रहे हों, या फिर व्यावसायिक मानसिकता। बेहद छोटी-छोटी बातों ने हमारे बदलते परिवेश, मूल्यों और चरित्र पर सोचने को विवश किया। इसीलिए मैं अपनी इस यात्रा को महज एक यात्रा-संस्मरण अथवा यात्रा-वृत्तान्त नहीं कहूँगा।

इस यात्रा का हमारा सबसे पहला पड़ाव था त्रिवेंद्रम यानी केरल की राजधानी। इसलिए यहाँ पहुँचने के बाद एक औसत किराये का होटल कर हम उसमें ठहर गये। चूँकि हम दक्षिण भारत बिना किसी पूर्व योजना के चले आये

थे, इसलिए समस्या सबसे बड़ी यह थी कि अब क्या किया जाये। वह भी उस स्थिति में जब आप भौगोलिक जानकारी और उस शहर को जाने बिना वहाँ पहुँच गये हों। इस संकट की घड़ी में एक ही रास्ता सूझा और वह यह कि उसी होटल से टेलीफोन डायरेक्ट्री से केरल राज्य समाज कल्याण बोर्ड का फोन ढूँढ़कर अपने एक सहयोगी को फोन किया। राज्य बोर्ड में सेवारत उस सहयोगी ने आकर यह सलाह दी कि टैक्सी के बजाय हमें केरल पर्यटन विकास निगम लिमिटेड की बस से त्रिवेंद्रम शहर का भ्रमण करना चाहिए। मुझे उनकी यह सलाह उचित लगी और शहर का भ्रमण करते हुए यह अहसास हुआ कि पर्यटन विकास निगम की बस द्वारा किया गया भ्रमण कहीं ज्यादा सुरक्षित तथा उपयोगी है। बाद में जिन शहरों में हमने भ्रमण किया निगम की ही बसों का इस्तेमाल किया। अपने अन्तिम पड़ाव, अर्थात् चेन्नई में हमने थोड़ा-सा लालच दिखाया और निगम के बजाय निजी ट्रेवल एजेंसी से चेन्नई का भ्रमण किया। मगर निजी ट्रेवल एजेन्सी ने अपनी प्रचलित मानसिकता और चरित्र का प्रमाण देते हुए यह अहसास करा दिया कि क्यों राज्य परिवहन निगमों अथवा पर्यटन विकास निगम की बसों द्वारा किया गया भ्रमण निजी ट्रेवल एजेंसी की अपेक्षा अधिक विश्वसनीय होता है।

त्रिवेंद्रम में केरल पर्यटन विकास निगम लिमिटेड द्वारा यात्रियों की जानकारी हेतु वहाँ के दर्शनीय स्थलों से सम्बन्धित जो पम्फलेट वितरित किया गया, उसमें उनकी सूचनात्मक जानकारी थी। इन दर्शनीय स्थलों में पद्मनाभा स्वामी मन्दिर, पद्मनाभापुरम पैलेस, कोवलम तट, शंघुगुगम तट, प्राणी उद्यान, म्यूजियम तथा आर्ट गैलरी प्रमुख हैं। इन स्थलों की अपनी विशेषता है। लेकिन इसके बाद कन्याकुमारी का भ्रमण अपने आप में एक नया अनुभव था। नया इस मायने में नहीं कि धुर दक्षिण का वह अन्तिम स्थल है बल्कि इस मायने में नया था कि जिस स्वामी विवेकानन्द को पूरा विश्व जानता है, उनकी स्मृति मानो हिन्द महासागर की एक-एक चपल-चंचला मचलती लहरों तथा सूर्योदय एवं सूर्यास्त की एक-एक किरन के हृदय में बसी हुई है। यह दीगर बात है कि सूर्योदय और सूर्यास्त का मनोरम दृश्य इन्द्र देवता की रुष्टता के चलते हमें नसीब नहीं हुआ।

कन्याकुमारी के सन्दर्भ में एक बात जो बहुत मायने रखती है, उसका उल्लेख करना आवश्यक है। यदि दक्षिण भारत के इस अन्तिम स्थल पर विवेकानन्द केन्द्र नहीं होता, तो मेरा मानना है कि उत्तर भारत से जाने वाले पर्यटकों को ठहरने के लिए भारी परेशानी का सामना करना पड़ता। महज 50 रुपये के मामूली शुल्क में आप यहाँ चौबीस घंटे एक कमरे में रह सकते हैं। भोजन की व्यवस्था

भी इतनी व्यवस्थित है कि हरेक पर्यटक जैसी आत्मीयता यहाँ आकर महसूस करता है, उसे शब्दों में व्यक्त करना मुश्किल है। यही कारण है कि विवेकानन्द केन्द्र पर्यटकों से 24 घंटे आबाद रहता है। कई बार मैं सोचता हूँ 1892 में यदि स्वामी विवेकानन्द कन्याकुमारी नहीं आते, तो इस स्थल का क्या दृश्य होता। जबकि विवेकानन्द केन्द्र की तुलना में पांडिचेरी का अरबिन्दो आश्रम महज कहने को आश्रम है, ठीक कई हजार वर्ग फुट में फैले उन विशाल एवं भव्य कुटीरों तथा सदनों की तरह, जिन्हें देखकर सहसा विश्वास नहीं होता है कि हमारा देश वास्तव में इतना अमीर है। विवेकानन्द केन्द्र जहाँ आम जन का प्रतीक है, वहीं अरबिन्दो आश्रम उस यूरोपीय भव्यता का प्रतीक है, जिसने पांडिचेरी शहर को बसाया है। सनद रहे पांडिचेरी फ्रांसीसियों द्वारा बसाया गया शहर है, जिसे देश की सभ्यता के बाद स्वतन्त्रता मिली थी। आज भी यहाँ लगभग 500 फ्रांसीसी परिवार रहते हैं। शायद यही कारण भी है कि जहाँ स्वामी विवेकानन्द की स्मृति में बनाये गये विवेकानन्द रॉक पर पर्यटकों का ताँता लगा रहता है तथा पर्यटक एक श्रद्धालु की तरह उसको नमन करता हुआ लौटता है, वहीं अरबिन्दो आश्रम विदेशियों का एक ऐसा अभेद्य किला है, जहाँ आम पर्यटक को रातभर टिकने के लिए या तो आश्रय नहीं मिलेगा और यदि मिल गया तो इतना महँगा है कि वह एक बार वहाँ जाने के बाद उसकी तरफ रुख नहीं करेगा।

कन्याकुमारी के बाद हमारा अगला पड़ाव था मदुरै, क्योंकि मदुरै से होते हुए हमें रामेश्वरम जाना था। कन्याकुमारी को पार करते ही हिन्द महासागर के तट पर दूर तक चल रही असंख्य पवन-चक्कियों ने हमारा ध्यान आकर्षित किया। इन पवन चक्कियों को देखकर सहसा मुझे याद आया कि आजकल पूरे विश्व में इन पवन चक्कियों के इस्तेमाल को लेकर एक बहस छिड़ी हुई है। कुछ मौसम विज्ञानियों का मानना है कि वे पवन-चक्कियाँ जहाँ लगायी गयी हैं, मौसम को प्रभावित करती हैं। यह कैसा संयोग है कि एक तरफ जो तकनीक हमारे जीवन में उपयोगी साबित होती है, वहीं उसके दुष्परिणाम भी सामने आ रहे हैं। इन पवन-चक्कियों को ऊर्जा-प्राप्ति के लिए स्थापित किया गया है, लेकिन मौसम विज्ञानियों के तर्कों ने एक दूसरी तरह की चिन्ता पैदा कर दी है कि इनके लगने से वर्षा करने वाले बादल छितर जाते हैं।

कन्याकुमारी से मदुरै जाने वाला राजमार्ग देश का सातवाँ राजमार्ग है। जैसे-जैसे हमारी बस पूरी गति से मदुरै की ओर दौड़ी जा रही थी, वैसे-वैसे एक हैरत में डालने वाला दृश्य दिखाई देने लगा था। यह दृश्य था दूर तक फैले काबली कीकर (बबूल) का जंगल, जिसे देखकर मुझे अपने मेवात का वह भू-भाग

याद आ गया, जहाँ पैदावार नहीं होती है। वास्तव में यह ऐसा आवारा बबूल है जो अपने आप उग आता है। प्रकृति का यह कैसा नियम है कि समुद्र तट पर फैली जिस भूमि पर लहलहाती फसलों को होना चाहिए, वहाँ एक आवारा बबूल का साम्राज्य है। दूर तक फसल का नामो-निशान नहीं। जहाँ भी थी, वह धान की फसल थी, लेकिन उसमें से भी अधिकतर को बेमौसम की वर्षा ने नष्ट कर दिया। लगभग छः घंटे की यात्रा के बाद मदुरै आ गया। इस लम्बी यात्रा के दौरान जो मन को शीतलता प्रदान करने वाली बात थी। वह यह कि राष्ट्रीय राजमार्ग संख्या 7 के किनारे जगह-जगह ऐसे कई निजी इंजीनियरिंग इंस्टीट्यूट्स और कॉलेज दिखाई दिये, जो प्रकृति और विकास के विरोधाभास की गाथा लिख रहे थे। राज्य परिवहन की बस जिस गति से हमें अपने गंतव्य की ओर लेकर दौड़ी जा रही थी, उसने हमें थकान पैदा नहीं होने दी। लगभग साढ़े तीन बजे मदुरै बस अड्डे पर बस जाकर रुकी, तो एक बार फिर वही सवाल हमारे सामने खड़ा था कि अब क्या किया जाये? क्या रात मदुरै में बितायी जाये? अभी इस सवाल का हम जवाब ढूँढ़ रहे थे कि त्रिवेन्द्रम में मिला एक दूसरा पर्यटक परिवार, जो बनारस से आया हुआ था तथा उसके मुखिया पांडे जी, जो इलाहाबाद बैंक में अधिकारी हैं, मदुरै से एक सहयोगी आ गये। उन्होंने हमें सलाह दी कि रात यहाँ के बजाय हम सीधा रामेश्वरम् रवाना हो जाएँ। इससे हमारा समय तो बचेगा ही, बल्कि हम अगली सुबह रामेश्वरम् के मन्दिरों के दर्शन कर लेंगे। मदुरै रुकने का अर्थ समय की बरबादी और अगले दिन रामेश्वरम् समय से न पहुँचकर उस अलौकिक और आध्यात्मिक आनन्द से वन्चित होना था, जिसे हमें एकदम सुबह-सवेरे प्राप्त करना चाहिए। क्योंकि अगले दिन समय पर पहुँचना एकदम असम्भव था। वह सलाह हमें व्यावहारिक और उचित लगी, इसलिए हम उसी समय रामेश्वरम् जाने वाली बस लेने के लिए बिना समय गँवाये चल दिये। रामेश्वरम् जाने वाली बस एकदम तैयार थी। हमने अपनी-अपनी सीट सँभाली और इन्तजार करने लगे अपने अगले पड़ाव की ओर प्रस्थान करने का।

अपनी इस यात्रा के दौरान यदि कोई मुझसे पूछे तो मैं कहूँगा कि रामेश्वरम् की यात्रा मेरे लिए सबसे रोमांचकारी थी। ऐसा हमें रामेश्वरम् तक पहुँचने और पहुँचने के बाद महसूस हुआ। मदुरै से रामेश्वरम् हमारी बस लगभग चार बजे (सायं) रवाना हुई। जैसाकि मैंने कहा था कि जो फर्क मैंने उत्तर और दक्षिण में देखा, वही फर्क मुझे दक्षिण के दक्षिण में भी दिखने को मिला। केरल के बाद तो हम तमिलनाडु में एक दिन पहले ही प्रवेश कर चुके थे क्योंकि कन्याकुमारी तमिलनाडु राज्य का ही हिस्सा है। जिस फर्क की ओर मैंने इशारा किया था वह

सभ्यता, शिष्टता या कहूँ भद्रता का फर्क है। यदि किसी समाज के आचार-व्यवहार सम्बन्धी शिष्टता को जानना है तो उसके लिए सार्वजनिक परिवहन व्यवस्था के अन्तर्गत चलने वाली बसें अथवा रेलगाड़ियों से उचित स्थल दूसरा कोई हो ही नहीं सकता। आपको इनमें बैठने के बाद पता चल जायेगा कि अमुक समाज के लोग अथवा वर्ग अपने आप में कितने शिष्ट अथवा सभ्य हैं।

रामेश्वरम् के लिए रवाना होते ही हमारा सबसे पहले स्वागत बस में कानफोड़ू तमिल संगीत ने किया। पूरी गति से दौड़ती बस के इंजन का शोर तथा बस में चल रहे गीत का शोर थोड़ी ही देर में असहनीय हो गया कि एक बार मुझे बस के परिचालक को आवाज कम करने के लिए कहना ही पड़ा। लेकिन मेरा कहना बेकार गया क्योंकि तमिल गीत अपनी पूरी आवाज के साथ बजता रहा। मैंने भी जैसे मन को कठोर ही कर लिया। मुझे देश की राजधानी दिल्ली और उसमें संचालित निजी बस सेवा की ब्लू लाइन बसों की याद आयी। याद हो आये इन बसों के शोहदे जो खुलेआम महिलाओं के साथ छेड़खानी करते हैं। बुजुर्गों और बच्चों से बदतमीजी करते हैं। शिक्षित और अशिक्षित इनके लिए एक समान होते हैं—दूसरे अर्थों में कह सकते हैं कि दो की राजधानी में संचालित निजी बस सेवा का नाम है अराजकता, गुंडागर्दी तथा असभ्य शोहदों को पोषित करती एक निजी परिवहन व्यवस्था। देश की राजधानी की इन ब्लू लाइन बसों के शोहदों की याद आते ही मैंने चुप्पी साधने में ही अपनी भलाई समझी। हालाँकि जब मेरे बस के ड्राइवर से इस कानफोड़ू टेप रिकार्डर की आवाज कम करने को कहा था, तब पत्नी ने मुझे डाँटते हुए चुपचाप बैठने की सलाह दी थी। (पत्नी भी जानती है कि इन शोहदों और सरकारी बसों के उजड्ड परिचालकों का व्यवहार।)

गीत हालाँकि हमारी समझ में नहीं आ रहा था लेकिन संगीत और गायक-गायिकाओं द्वारा ली जाने वाली गहरी साँसों आदि से इस बात का अंदाजा लगाना मुश्किल नहीं था कि जान-बूझकर जैसा प्रायः होता है ऐसे गीत बस में बजाये जा रहे थे जिन्हें सार्वजनिक रूप से आप अपने परिवार के साथ सुन नहीं सकते हैं। हाँ, रामनाथपुरम् पहुँचने से पहले एकाएक तमिल में जो गीत बजने लगा, बेहद तेज आवाज में होने के बावजूद वहाँ के स्थानीय यात्रियों के साथ हम भी झूमने लगे। बल्कि बनारस से अपने परिवार के साथ आये पांडे जी उसका हिन्दी अनुवाद गुनगुनाने लगे। दरअसल यह गीत गाया तो जा रहा था तमिल में लेकिन इसका गीत और संगीत था एक हिन्दी फिल्म का। यह गीत था—सौ साल पहले मुझे तुमसे प्यार था। आज भी है और कल भी रहेगा। सचमुच गीत और संगीत में कितनी ताकत होती है कि एक-दूसरे को गुनगुनाने और थिरकने

के लिए मजबूर करने की—इसका अहसास बाहर होती तेज बारिश में अँधेरे को चीरती हुई दौड़ी जा रही बस में तमिल और हिन्दी के होठों से फूटते अपने-अपने शब्दों को सुनकर और थिरकते जिस्मों को देखकर हुआ।

रात को लगभग आठ बजे हम रामेश्वरम् पहुँच गये। जैसा हर गंतव्य पर पहुँचने के बाद एक समस्या आगे खड़ी होती है, वही एक बार फिर खड़ी हो गयी और वह यह कि अब कहाँ रुका जाये? थोड़ी-सी दौड़-धूप करने के बाद पता चला कि पास में ही गुजराती भवन है। बताया गया गुजराती भवन सस्ता भी है और ठीक-ठाक भी। सुदूर दक्षिण में गुजराती भवन का नाम सुनकर एकाएक याद आया कि गुजराती और मारवाड़ी समाज का इस मायने में बड़ा योगदान रहा है कि जहाँ-जहाँ इन समाजों के व्यापारी गये है वहीं इन्होंने अपने समाज के नाम पर भवनों और धर्मशालाओं का निर्माण कराया। हालाँकि मैं इसे जातीय अस्मिता को बनाये और बचाये रखने का एक प्रयास मात्र मानता हूँ लेकिन बावजूद इसके इन समाजों के इस योगदान को झुठलाया नहीं जा सकता।

दिल्ली जाने से पहले मेरे एक मित्र ने सलाह दी कि यदि दक्षिण भारत जा रहे हो तो कोशिश करना कि रामेश्वरम् जरूर जाना। उनकी सलाह में ऐसी क्या बात थी जो उन्होंने दी थी, इसका अहसास रामेश्वरम् जाने पर ही हुआ। सच कहूँ दक्षिण जाने वाले उत्तर भारतीय पर्यटक को रामेश्वरम् अवश्य जाना चाहिए। ऐसा कहने के पीछे मेरा मंतव्य धार्मिक आस्था न होकर वह आग्रह है जो हरेक व्यक्ति को गाहे-बगाहे बहुत कुछ देखने और सीखने के लिए प्रेरित करता है। यह वही रामेश्वरम् है जहाँ कहते हैं कि हिन्द महासागर पर राम ने सेतुबंध बनाया था। यह वही रामेश्वरम् है जहाँ से श्रीलंका महज बाईस-तेईस किलोमीटर दूर है। यह वही रामेश्वरम् है जहाँ के धनुषकोढ़ि स्थल से राम द्वारा विभीषण को लंका का शासक बनाकर राज्याभिषेक कराकर भेजा गया था। इसके साथ यह वही रामेश्वरम् है जहाँ इस देश के वर्तमान राष्ट्रपति और महान वैज्ञानिक डॉ. ए.पी.जे. अब्दुल कलाम का घर है। वही घर जहाँ इन्होंने अपना बचपन गुजारा है। वही रामेश्वरम् जिसका एक-एक रेशा राम और सीता से जुड़ी किंवदंतियों से बुना हुआ है।

अपने-अपने कमरों में सामान रखते हुए साढ़े नौ बज गये थे। इसी बीच भवन के भोजनालय से संदेश आया कि तुरन्त हम लोग खाना खाने आ जायें वरना भोजनालय बन्द हो जायेगा। भोजनालय पहुँचकर हमने सामने लटकी तख्ती पर देखा तो पाया कि यहाँ दो तरह की थालियाँ हैं यानी तीस रुपये और चालीस रुपये प्रति थाली। तीस रुपये थाली में दाल, चावल और चार

चपातियाँ, सब्जी की मात्रा तय थी, जबकि चालीस रुपये की थाली में आप जितना चाहे खा सकते हैं।

अगली सुबह पाँच बजे हम गुजराती भवन से मात्र सौ गज दूर रामनाथ मन्दिर दर्शन करने पहुँच गये। लेकिन वहाँ जाकर देखा, पहले से श्रद्धालुओं की लाइन लगी हुई है, जो देखते ही देखते काफी लम्बी हो गयी। इस बीच हमने देखा कि कुछ श्रद्धालु जो हमारे साथ-साथ आये थे वे दर्शन के लिए सबसे आगे पहुँचे हुए हैं और पुजारी पूरे विधि-विधान और मनोयोग से उनसे पूजा-अर्चना करा रहे हैं। यह हमारे लिए एक रहस्य था लेकिन तुरन्त ही पता चला कि यदि आपको जल्दी दर्शन करने हैं तो आपको विशेष अर्चना का टिकट लेना पड़ेगा जो मन्दिर में दस रुपये का था। पलभर के लिए मन एक विचित्र अवसाद से डूब गया कि ईश्वर के दर्शन अथवा उसके करीब जाने के लिए भी हमारे पुजारियों ने क्या तरीका निकाला है। यानी अब मनुष्य को भी ईश्वर की नजर में सम्पन्न और निम्न वर्ग में बाँट दिया गया है। बाद में देखा कि इन विशेष श्रद्धालुओं में से एक श्रद्धालु उन्मुक्त भाव से अपने हाथ में लटके पोलिथीन के थैले से, अर्चना करा रहे पुजारी के निर्देश (बल्कि कहें आदेश पर) पर जिस तरह नकद चढ़ावा दे रही थी, उसे देखकर कोई भी कह सकता है कि भगवान के दर्शन अब निर्धनों के बूते से बाहर हैं। इसके बाद हम जहाँ भी गये यानी मदुरै, पांडिचेरी, तिरुपति यह विशेष अर्चना प्रणाली सब जगह नजर आयी।

दर्शन करने के बाद हम बाहर आये तो पंडे ने हमें घेर लिया और मन्दिर में स्थित बाईस कुंडों (कुओं), मन्दिर और रामेश्वरम् की महिमा का बखान करने लगा। बाईस कुंडों का नाम आते ही मुझे एकाएक उसी मित्र ही वह हिदायत याद आयी कि यदि कोई पंडा कहे तो उसे साथ ले लेना। मात्र चालीस-पचास रुपये देने पड़ेंगे उसे, वह स्नान पूरे विधि-विधान से करा देगा। इसके बाद हम उस पंडे का अनुसरण करते रहे। पूरे मन्दिर के उसने दर्शन तो कराये ही साथ में सभी कुंडों में स्नान भी कराया। रामनाथ मन्दिर के वास्तु-शिल्प और स्थापत्य कला को देखकर आप दाँतों तले अँगुली दबाये बिना नहीं रह सकते। बी.आर. चोपड़ा निर्मित सीरियल महाभारत और रामायण के विशाल और भव्य सैट्स की प्रेरणा सम्भवतः इन दोनों को यहाँ से मिली होगी। आश्चर्य तो रामेश्वरम् में यह देखकर हुआ कि यहाँ राम की नहीं शिव की ज्यादा उपासना होती है। मन्दिर में पंक्तियों में रखे भिन्न-भिन्न प्रकार के शिवलिंगों को देखकर कोई भी हैरान-परेशान हो सकता है। इस हैरानी का निवारण उसी पंडे ने किया कि सीता की खोज में आये राम ने इस हिन्द महासागर के तट पर बैठकर जितने दिन

यानी लगभग सौ दिनों तक रेत के शिवलिंग बनाकर अर्चना की थी, उन सबकी अनुकृति इस मन्दिर में विद्यमान है।

पूजा-अर्चना से निवृत्त हो हमने दो ऑटो किराये पर लिए और रवाना हो गए रामेश्वरम् भ्रमण के लिए। आटो रिक्शाचालक श्री राजा हमें रामेश्वरम् से आठ किलोमीटर दूर धनुषकोढ़ि स्थान पर ले गया सबसे पहले। इस स्थान पर पहुँचने के बाद हमें आश्चर्य हुआ यह देखकर कि महज एक मन्दिर की जगह का नाम धनुषकोढ़ि कैसे हो सकता है। राजा ने हमें बताया कि यहाँ कभी एक धनुषकोढ़ि नाम का भरा-पूरा गाँव हुआ करता था लेकिन 22 दिसम्बर, 1962 को आये एक जबरदस्त समुद्री चक्रवात ने पूरे गाँव को लील लिया। इस चक्रवात में भारी जानमाल की क्षति हुई थी। इसी से जुड़ा मुझे अपने देश के वर्तमान राष्ट्रपति और महान वैज्ञानिक डॉ. कलाम की आत्मकथा का वह अंश स्मरण हो आया, जिसमें उन्होंने लिखा था कि उनका बचपन वहाँ के स्थानीय रेलवे स्टेशन पर समाचार पत्र बेचते हुए बीता है। उस धनुषकोढ़ि की विशेषता इतनी है कि यहाँ से श्रीलंका मात्र चौबीस किलोमीटर दूर है। मगर उस समुद्री चक्रवात ने सब कुछ तहस-नहस कर दिया। वह रेलवे लाइन भी जिससे होकर कभी छुक-छुक करती हुई रेल गुजरती थी।

धनुषकोढ़ि से वापस रामेश्वरम लौटते हुए एकाएक हमारी नजर सड़क के किनारे दो ढाई-गज लम्बी रेत से अधढकी रेलवे लाइन पर पड़ी, जब तक हम कुछ समझ पाते ऑटो रिक्शा दस-बारह गज आगे निकल चुका था, उस जगह से। राजा ने ऑटो रोका और वापस उस स्थान के पास ले आया। यहाँ रुककर हमने देखा कि सचमुच यहाँ रही रेलवे लाइन समुद्री चक्रवात के साथ आयी मिट्टी में दबी हुई है। वहीं रेलवे लाइन के किनारे पीले रंग का साइन बोर्ड खड़ा है जिस पर उस समुद्री चक्रवात का जिक्र है तथा जो संकेत कर रहा था कि बल्कि हमसे जैसे कह रहा था कि मेरी देह पर लिखी यह इबारत बेशक झूठ बोल सकती है किन्तु तुम्हारे सामने रेत से ढकी अधनंगी पटरियाँ स्वयं अपना बयान खुद कर रही हैं।

राजा पुनः हमें रामेश्वरम् की आड़ी-तिरछी तंग गलियों और सड़ांध मारती नालियों से बचता-बचाता उस जगह ले गया जो आज रामेश्वरम् की पहचान बन चुकी है। जी हाँ, अपने वर्तमान राष्ट्रपति अब्दुल कलाम के घर के ठीक सामने राजा ने ऑटो रोक दिया। ऑटो से उतरे ही हल्के हरे रंग की जिस इमारत पर नजर पड़ी वह था कलाम साहब का घर अर्थात हाउस ऑफ कलाम। जालीदार दरवाजे के अन्दर डॉ. कलाम साहब के बड़े भाई साहब किसी स्थानीय पत्रिका के

पन्ने उलट-पलट रहे थे। हम सबके हाथ उनके अभिवादन में जुड़ गये। निर्निमेष आँखों से हमें देखकर फिर से पत्रिका के पन्नों में खोने का प्रयास करने लगे। जैसे उनके लिए यह दिनचर्या का एक हिस्सा है। सोचते होंगे वे भी कि न उनके छोटे भाई इस देश के राष्ट्रपति बनते, न रामेश्वरम् आने वाले श्रद्धालु उनके घर तक चलकर आते। सचमुच समय बड़ा बलवान होता है।

'हाउस ऑफ कलाम' अर्थात् हमारे एक राष्ट्रपति की छोटी-सी इमारत के अग्रभाग पर लिखी इस इबारत तथा इमारत को देखकर अन्दाज लगाना मुश्किल नहीं था कि पुराने घर को यह नया रूप उनके राष्ट्रपति बनने के बाद ही दिया गया है। इसकी पुष्टि बायीं ओर की वह दीवार कर रही थी जिसमें लगे खपरैल के टुकड़े जगह-जगह से झाँक रहे थे। घर के ठीक सामने स्थापित एक अस्थायी पुलिस चौकी अवश्य अपने कर्तव्य का पालन कर रही थी। राजा हमें वापस उन्हीं सड़ाँध मारती नालियों और आड़ी-तिरछी गलियों से बचता-बचाता बाहर आम रास्ते पर ले आया।

मन एक बार फिर अवसाद से भर गया। अनेक सवालों ने मानो मन के अन्दर हलचल सी मचा दी। मैं बार-बार सोचता हूँ कि जिस रामेश्वर ने इस देश को राष्ट्रपति और एक महान वैज्ञानिक दिया क्या उस रामेश्वरम् का इतना भी हक नहीं बनता कि उसकी तंग सड़ाँध मारती गलियों की सफाई नियमित रूप से होती हरे। जहाँ इस देश का एक मामूली-सा निगम पार्षद, एक अपराधी और जाहिल किस्म का विधायक या सांसद, मुख्यमंत्री अथवा राजनेता देखते ही देखते गरीब जनता की गाढ़ी कमाई को हड़प कर अपना पूरा साम्राज्य स्थापित कर लेता है, वहाँ राष्ट्रपति न सही एक महान वैज्ञानिक के पैतृक स्थल के आसपास बेहतर स्वास्थ्य सेवाओं और शिक्षण संस्थाओं की तो स्थापना की जा सकती है। जिस देश में एक राज्य का मुख्यमंत्री अपने स्वर्गीय पिता को जननायक जैसे विशेषण से संबोधित कर उसकी स्मृति में जनता की भूमि पर कब्जा कर उसकी प्रतिमाओं की स्थापना कर सकता है, एक दूसरे राज्य मुख्यमंत्री अपने पूरे गाँव में पूरे राज्य के विकास की अनदेखी कर हैलीपेड का निर्माण करा सकता है, उसी देश में एक वर्तमान राष्ट्रपति और एक महान वैज्ञानिक का पैतृक घर अपनी दीन-हीन दशा पर मन ही मन संताप कर रहा हो—ऐसे में इसे हम अपनी सत्ता और व्यवस्था का विद्रूप नहीं तो और क्या कहेंगे।

रास्ते में ही हमें राजा ने बताया कि वह हमें उस मन्दिर में भी ले जायेगा, जहाँ राम और उसकी वानर सेना द्वारा बनाये गये सेतुबंध में इस्तेमाल किये गये तैरने वाले पत्थर आज भी विद्यमान हैं। यह सूचना सचमुच रोमांच पैदा करने

वाली थी हमारे लिए कि क्या पत्थर भी तैर सकता है। द्वापर युग में तो ऐसी कोई कल्पना की भी जा सकती थी लेकिन इस वैज्ञानिक और कलियुग में यह सोचना वास्तव में किसी जादुई करिश्मे से कम न था। सबसे अद्‌भुत दृश्य रामेश्वरम् का हमें राम मन्दिर से देखने को मिला। जैसा कि विदित है कि रामेश्वरम् चारों ओर से हिन्द महासागर से घिरा एक द्वीप है। इस दृश्य को हमने इस मन्दिर में देखा। दूर तक फैले हिन्द महासागर में उठती ऊँची-ऊँची लहरें थोड़ी देर के लिए किसी पहाड़ी के होने का भ्रम पैदा करती हैं। समुद्र से घिरा रामेश्वरम् का यह दृश्य सचमुच इतना मनोहारी और दुर्लभ था कि उसे शब्दों में बयान करना मुश्किल है।

सबसे अन्त में राजा हमें द्वापर युग के उस सेतुबंध में इस्तेमाल हुए तैरने वाले पत्थर के मन्दिर में ले गया। मन्दिर में प्रवेश के बाद पहले से मौजूद एक बंगाली पर्यटक को मन्दिर का एक पुजारी पानी से भरे कुंडे में पड़े पत्थर तथा उससे जुड़ी किंवदंती और मिथ का बखान कर रहा था। मैंने पास जाकर पानी में तैरते उस तथाकथित पत्थर को छूकर देखा तो पाया सचमुच पानी में तैर रहा था। हमें अपनी आँखों पर विश्वास नहीं हुआ। मन्दिर का पुजारी उस तैरने वाले पत्थर के अन्य गुणों के बारे में भी बता रहा था। जैसे यदि उस पत्थर को पानी में डुबोकर रखने के बाद उस पानी से जोड़ों को धोया जाये तो जोड़ों का दर्द ठीक हो जाता है। बंगाली पर्यटक पुजारी के वर्णन से इतना अभिभूत था कि उसने तुरन्त दो सौ इक्यावन रुपये पुजारी को दिये और तैरने वाले पत्थर का टुकड़ा पूरी श्रद्धा के साथ हस्तगत कर लिया।

इस बीच मुझे और मेरे बेटे को उस तैरने वाले इस पत्थर का रहस्य समझ में आ चुका था। दरअसल वह तैरने वाला पत्थर नहीं था, बल्कि समुद्री जलचरों द्वारा निर्मित उन विशाल शैल अर्थात घौंघा द्वारा निर्मित बनाया गया ऐसा टुकड़ा था जिसकी बनावट मधुमक्खी के छत्ते की तरह होती है जिसमें छोटे-छोटे खोल होते हैं तथा जिनकी वजह से वह पानी में डूबता नहीं है। काई जमने और उसका रंग मटमैला होने के कारण वह हूबहू पत्थर जैसा लग रहा था। सम्भव है सेतुबंध के निर्माण में इन्हीं विशाल शैल के टुकड़ों का निर्माण हुआ हो।

रामेश्वरम् भ्रमण के बाद हमने गुजराती भवन के बजाय दूसरी जगह खाना खाने का मन बनाया। इसकी वजह यह थी कि गुजराती खाने में ज्यादातर जगहों पर मीठे का इस्तेमाल होता है। यहाँ तक कि दाल भी मीठी होती है। बहुत भाग-दौड़ करने के बाद हमें एक भोजनालय में भोजन नसीब हुआ। दोपहर के भोजन के समय हम उस दिन उस भोजनालय में जाने वाले पहले पर्यटक थे। हमारी योजना थी कि सब लोगों के लिए अलग-अलग थाली लेने के बजाय एक-एक

थाली कम ली जाये। उसी में से हम शेयर कर लेंगे। हमने जब भोजनालय वाले को आर्डर दिया तो उसने दो टूक मना कर दिया यह कहते हुए कि यहाँ यह शेयर सिस्टम नहीं चलेगा। हरेक के लिए अलग थाली लेनी होगी। भोजनालय के उस कर्मचारी के ऐसा कहने पर हमने तय किया कि जैसा भी है हम गुजराती भवन के भोजनालय में ही खाना खाते हैं।

वापस गुजराती भवन में लौटते हुए हम सब यही चर्चा कर रहे थे कि एक वणिक आखिरकेर वणिक ही होता है। उसे सिर्फ अपने मुनाफे से मतलब होता है। श्रद्धा, आस्था से उसका कोई सरोकार नहीं होता। सेवाभाव अथवा धर्मार्थ की अवधारणा भी उसके लिए कोई मायने नहीं रखती। इसका अनुभव और अहसास हमें गुजराती भवन के भोजनालय में खाना खाते समय हुआ। क्योंकि यदि ऐसा न होता तो थालियों की दरें अलग-अलग नहीं होतीं। वैसे तीस रुपये प्रति थाली की दर कम नहीं थी।

रामेश्वरम् से दोपहर को लगभग ढाई बजे प्रस्थान करते समय मुझे जो बात सबसे ज्यादा हैरत में डाल रही थी वह यह कि समस्त रामेश्वरम् तथा उसके आसपास के क्षेत्रों में राम के अनुयायियों बल्कि कहिये उन तथाकथित ध्वजवाह राष्ट्रवादियों का प्रभाव बिल्कुल नहीं दिखा, जो आये दिन उत्तर भारत में हुड़दंग मचाते हुए अपने राष्ट्रवादी होने का दंभ भरते हैं। जबकि होना यह चाहिए था कि रामेश्वरम् केसरिया पताकाओं से पटा होता लेकिन ऐसा नहीं था। जिस दिन ऐसा हो जायेगा मेरा मानना है कि उस दिन उत्तर भारत से आने वाले श्रद्धालु या हमारी तरह के सरकारी पर्यटक दूर से प्रणाम कर अपनी यात्रा को सम्पूर्ण मान लेंगे। इसलिए अच्छा है कि यदि रामेश्वरम् इन राष्ट्रवादियों की पहुँच से दूर रहे। ऐसी मैं राम और उनके नाथ शिवजी से प्रार्थना करता हूँ। वैसे भी रामेश्वरम् से लौटने के बाद मुझे थोड़ा-सा आस्तिक होने का अधिकार है क्योंकि मैं भी तो उन्हीं का वंशज हूँ जिनके वंशज मेरे ये तथाकथित राष्ट्रवादी हैं।

रामेश्वरम् के बाद हमारा अगला पड़ाव भारत रत्न और कर्नाटक संगीत की सुप्रसिद्ध गायिका एम.एस. सुब्बालक्ष्मी का जन्म-स्थल तथा तमिल-संस्कृति की महान-स्थली मदुरै था जो कभी दक्षिण पाण्डव देश की राजधानी रहा था। वैगे नदी के किनारे बसे इस शहर की तमिल भाषा के संघ कवियों और भाटों ने खूब प्रशंसा की है। एक किंवदन्ती के अनुसार यहाँ देवी शक्ति ने पांड्य राजा की पुत्री बनकर स्वयं अवतार का रूप धारण किया जिसने कुछ समय बाद शिव से विवाह कर लिया। इसी शहर में दक्षिण भारत का विश्व प्रसिद्ध वह मीनाक्षी मन्दिर है, जिसका भ्रमण विश्व धरोहर नामक संस्था ने विश्व के सात आश्चर्यों

की सूची के लिए किया था। मीनाक्षी मंदिर का निर्माण बारहवीं सदी के दौरान चट्यवर्मन सुन्दर पांड्य के शासनकाल में हुआ था। मन्दिर के अधिकांश भाग का निर्माण बारहवीं और चौदहवीं सदी के दौरान हुआ। 1877 में इसकी मरम्मत वैनागर वंशजों ने कराई।

हिन्दी भाषी होने के कारण हिन्दी के समाचार पत्रों की शक्ल देखे सप्ताह भर होने को हो रहा था। रास्ते में झाँसी से खरीदी गयी 'लोकायत' तथा 'प्रथम प्रवक्ता' इन दो पत्रिकाओं में ऐसा कुछ नहीं बचा था जिसे बार-बार पढ़ा जाता। 'मंडल विचार' की एक प्रति भी साथ लेकर गया था लेकिन ये पत्रिकाएँ भी कब तक साथ देतीं। मदुरै में हमारे पास पूरा दिन था। यहाँ से पांडिचेरी के लिए हमें रात को आठ बजे बस लेनी थी। उस दिन सोचा कि मीनाक्षी मन्दिर देखने के बाद पूरे दिन आराम किया जाये। सबेरे लॉज से उतर कर टहलते हुए पत्रिकाओं के एक स्टाल पर नजर मारी तो दक्षिण भारत के बंगलौर से प्रकाशित 'राजस्थान पत्रिका' को देखते ही बाछें खिल गयीं। इस समाचार-पत्र में बंगलौर में आयोजित त्रिदिवसीय हिन्दी भाषा कुंभ के समारोह की विस्तृत रिपोर्ट प्रकाशित थी। इस कुम्भ में हिन्दी से जुड़ी विभिन्न क्षेत्रों की प्रतिभाओं को सम्मानित किया गया था। मारीशस में हिन्दी के लेखक अभिमन्यु अनत तथा पत्रकार प्रभाष जोशी जैसी अनेक प्रतिभाएँ इन सम्मानित होने वालों में शामिल थीं।

दोपहर बाद एकाएक ढोल-बाजे का शोर सुन लॉज से बाहर आकर देखा तो पाया कि एक छोटा-सा जनसमूह लॉज के बगल में एकत्रित हो जोर-जोर से नारे लगा रहा था। उस जनसमूह को देखकर यह तो आभास हो गया कि वह यहाँ किसी राजनेता के स्वागत के लिए एकत्रित हुआ था लेकिन थोड़ी हैरानी यह देखकर हुई कि स्थानीय दुकानदार तथा व्यवसायी उस जनसमूह में शामिल नहीं थे। जगह-जगह पीले रंग की झंडियाँ, जिन पर चीते का चित्र छपा हुआ था, लटकी हुई थीं। वहीं बाहर एक छोटे-से दुकानदार से पूछा तो उसने बताया कि ये सब फॉरवर्ड ब्लाक पार्टी के कार्यकर्ता हैं। फॉरवर्ड ब्लॉक का नाम सुनकर मुझे और भी आश्चर्य हुआ कि दक्षिण भारत, विशेषकर तमिलनाडु में वामपंथ अपनी जगह बना रहा है। लेकिन उस दुकानदार ने स्पष्ट किया कि इस फॉरवर्ड ब्लॉक का वामपंथ से कोई सम्बन्ध नहीं है। दक्षिण भारत में फॉरवर्ड ब्लॉक का किसानों और दलितों, विशेषकर तेवर समुदाय से सम्बन्ध है। इस पार्टी के उन कार्यकर्ताओं के तेवर देखकर मुझे इनके बारे में जानने की और उत्सुकता हुई क्योंकि कुछ कार्यकर्ताओं की भंगिमाओं और हावभाव से साफ लग रहा था कि उन्होंने शराब पी हुई है। पास के एक सहमे हुए दुकानदार को देखकर मैंने आगे

पूछा तो उसने बताया कि एक बार इस पार्टी के कार्यकर्ताओं ने बाजार में काफी उपद्रव किया था। यहाँ तक कि दुकानों के शीशे तक तोड़ डाले थे। इसलिए इन्हें देखकर दुकानदार सहम जाते हैं।

लगभग एक घंटे के बाद वे कार्यकर्ता वापस लौटने लगे तो उस दुकानदार का कहा सही प्रतीत-सा होने लगा। वापस लौटते कार्यकताओं से भरी जीप को उसका ड्राइवर व्यस्त बाजार से इतनी गति से ले गया कि लगा कहीं वह जीप किसी से भिड़ न जाये। वापस होती भीड़ और सहमे हुए दुकानदारों को देखकर मैं रह-रहकर यही सोचता रहा कि अपनी अस्मिता को दर्शाने का यह कैसा प्रदर्शन है?

मदुरै से पांडिचेरी की पूरी रात की यात्रा मेरे लिए बेहद कष्टदायी थी। कष्टदायी इसलिए थी कि यात्रा पूरी रात जाग कर पूरी की थी। दरअसल हमें बस की चार टिकटों के बजाय तीन टिकटें ही प्राप्त हुई थीं। चौथी टिकट तो मिल गयी लेकिन रिजर्वेशन तीन टिकटों के लिए ही था। मदुरै-चेन्नई हाइवे से जैसे ही हमारी बस पांडिचेरी जानेवाली सड़क पर आयी, उसके थोड़ी देर बाद तेज बारिश आ गयी। बाद में जैसे-जैसे बस रुक-रुक कर आगे बढ़ने लगी तो बाहर का दृश्य देखकर लग गया कि बारिश काफी तेज और लगभग रातभर होती रही। जगह-जगह सड़क के किनारे लोगों की भीड़ को देखकर समझते देर नहीं लगी कि स्थिति लगभग बाढ़ जैसी है। बीच-बीच में सड़क पर बहते तेज पानी को देखकर डर भी लगने लगा कि कहीं हम यहीं न फँस जायँ मगर ऐसा हुआ नहीं। अन्ततः पांडिचेरी हम सबेरे सही-सलामत पहुँच ही गये।

पांडिचेरी पहुँच कर हमने सबसे पहला काम यह किया कि तिरुपति जानेवाली बस का पता किया तो पता चला, बस रात नौ बजे की है। चूँकि अपने एक मित्र की सलाह पर पांडिचेरी पहुँचकर हम सीधे अरबिंदो आश्रम गये लेकिन वहाँ हमें पर्यटक बस एकदम तैयार मिली। पूरे दिन हमने उसी पर्यटक बस से पांडिचेरी शहर घूमा।

पत्नी उस दिन उपवास पर थी क्योंकि उस दिन करवा चौथ का व्रत था। चूँकि पत्नी को अपना उपवास चन्द्रमा को अर्घ्य के बाद तोड़ना था और बस रात नौ बजे थी इसलिए सोचा कि बस रवाना होने से पूर्व ही बस स्टैन्ड पर चन्द्रमा को अर्घ्य दिया जाये। लेकिन आसमान में बादल छाने के कारण चन्द्रमा के दर्शन मुश्किल लग रहे थे। पत्नी का हाथ में करवे को लेकर बस स्टैन्ड पर इधर-उधर घूमना मुझे बेहद अखर रहा था। कारण इसका यह था कि एक तमिल परिवार पत्नी की इस क्रिया को बड़े ध्यान से देख रहा था, विशेषकर उनकी 17-18 (वर्षीय बेटी) बमुश्किल चन्द्रमा ने अपने दर्शन दिये तो हमने राहत महसूस की।

पत्नी जब एक तरफ भीड़ से दूर चन्द्रमा को अर्घ्य दे रही थी तब मैंने उस लड़की को बताया कि आज करवा चौथ है। हम उत्तर भारत के दिल्ली शहर से आये हैं। लड़की ने इस तरह सिर हिलाया मानो वह इसके बारे में पहले से जानती है।

लगभग साढ़े नौ बजे हम पांडिचेरी से तिरुपति के लिए रवाना हुए। पांडिचेरी से तिरुपति जाते हुए लगा जैसे रातभर यहाँ लोग सोते नहीं हैं। क्योंकि ऐसी कोई बस नहीं थी जहाँ से आठ-दस यात्री या तो उतरे न हों या चढ़े न हों। तिरुपति हम सुबह लगभग 4.30 बजे पहुँच गये। जैसा कि हमने पहले से अपने गन्तव्य को लेकर कोई योजना नहीं बनायी थी इसलिए तिरुपति बस स्टैन्ड पर पहुँच कर हमारी समझ में नहीं आया कि अब हमें क्या करना है। कहाँ जाना है? आखिर एक ही उपाय सूझा, मैं एक चाय की दुकान पर गया और एक चाय का आर्डर देकर चाय मालिक से कहा कि हम दिल्ली से आये हैं, हमें अब क्या करना चाहिए? वहीं एक युवा ने हमारी समस्या का समाधान सुझाते हुए कहा कि आप सामने श्रीनिवासम चले जाइये। वहाँ आपके ठहरने का प्रबन्ध हो जायेगा। आर्थिक दृष्टि से भी वह काफी सस्ता है।

हम तुरन्त श्रीनिवासम लॉज की ओर बढ़ गये। सबसे पहले हमने लाइन में लगकर 50/- रुपये प्रति व्यक्ति के हिसाब से टोकन लिया और उसके बाद कमरे के लिए लाइन में लग गया। इस तरह हमारी समस्या का समाधान स्वतः ही हो गया। श्री निवासम लॉज की साफ-सफाई और व्यवस्था को देखकर आप कल्पना नहीं कर सकते कि आप किसी थ्री स्टार होटल के कमरे में रुके हुए हैं या किसी ट्रस्ट के लॉज में। तिरुपति के त्रिमूला स्थित मन्दिर में दर्शनार्थ जो धारणा बनी हुई है कि वहाँ तीन से चार घंटे में दर्शन होते हैं, उसका पता वहीं जाकर चलता है। त्रिमूला जिस पहाड़ी पर स्थिति है वहाँ जाकर आपको उत्तर भारत के किसी हिल स्टेशन की याद ताजा हो उठती है। हालाँकि व्यवस्था त्रिमूला स्थित इस मन्दिर में काफी सुचारु है लेकिन बीच-बीच में अराजकता का वातावरण यहाँ भी दिखाई दे जाता है।

त्रिमूला स्थित मन्दिर से दर्शन कर हम वापस लॉज में आये तो थक कर चूर हो चुके थे। अगले दिन चेन्नई रवाना हो गये। चेन्नई हम अपनी योजना से एक दिन पहले पहुँच गये। इसलिए हमने इत्मीनान से चेन्नई भ्रमण किया। जिस दिन हम चेन्नई पहुँचे उसके अगले दिन उसी 'राजस्थान पत्रिका' के स्थानीय संस्करण में एक समाचार प्रकाशित हुआ था। वह समाचार था वहाँ के स्थानीय अन्नाद्रमुक के कार्यकर्ताओं द्वारा शहर की दुकानों में बेची जाने वाली वस्तुओं का नाम केवल तमिल में दर्शाने का आह्वान। हालाँकि अब दक्षिण भारत के किसी

भी शहर में आप हिन्दी में संवाद स्थापित कर आसानी से काम चला सकते हैं लेकिन अति अस्मितावादी शक्तियाँ रह-रहकर अपनी उपस्थिति दर्ज कराने से कहीं भी नहीं चूकती हैं।

उस दिन मेरीना बीच का भ्रमण करने वालों में हमारे साथ बंगाल से आये काफी पर्यटक भी थे। वहीं बातों-बातों में एक बंगाली पर्यटक कह रहे थे कि आप यहाँ आकर किसी भी रेडियो चैनल, जिसमें एफ.एम. भी शामिल है, तमिल के अलावा हमारी किसी भाषा के गीत नहीं सुन सकते हैं। सचमुच मुझे उस हिन्दीत्तर बंगाली पर्यटक का कहना सही लगा। मजाल है कि आपको कोई हिन्दी गीत सुनने को मिल जाये। उस पर्यटक का यह कहना कि एक चैनल पर से तो ये लोग हिन्दी के गीत चला ही सकते हैं, हिन्दी की लोकप्रियता को दर्शाता है। हाल में सुश्री जयललिता ने प्रधानमंत्री से अनुरोध किया है कि दक्षिण भारत के राष्ट्रीय राजमार्गों के मील के संकेतन पत्थरों पर स्थानों का नाम हिन्दी में लिखने की परम्परा समाप्त की जाये। सुश्री जयललिता के अनुसार चेगलपट्ट से तिरुअनंतपुरम और होसुर से कृष्णागिरी सेक्सन पर हिन्दी में लिखे गये स्थानों के नामों से वहाँ के लोगों की भावनाएँ आहत हुई हैं। यह कैसी विडंबना है कि सुश्री जयललिता ही नहीं प्रायः दक्षिण भारत के ज्यादातर क्षत्रपों को लगता है जैसे हिन्दी-तमिल दुश्मन हैं। हिन्दी का विरोध कर वास्तव में ये तमिल को तो प्रोत्साहित करते नहीं हैं बल्कि अंग्रेजी की वंदना करते हैं। जबकि सच्चाई यह है कि दक्षिण भारत ज्यादातर शिक्षित वर्ग हिन्दी का विरोधी नहीं है। हिन्दी विरोध की आड़ में ये अशिक्षित, भोले और गरीब दक्षिण भारतीयों को कुएँ का मेंढक बनाकर रखना चाहते हैं। मुझे याद है नब्बे के दशक के प्रारम्भ में जब मैं पहली बार चेन्नई गया था तब मैंने अनेक कथित और तथाकथित पब्लिक स्कूलों के बाहर बड़े-बड़े अक्षरों में हिन्दी भाषा को पढ़ाये जाने को अपनी विशेषता के रूप में लिखा हुआ देखा था। यहाँ इस तथ्य की ओर संकेत करना जरूरी है कि तमिलनाडु में प्रायः हिन्दी का जब-तब विरोध होता हुआ देखा जाता है, वहाँ कर्नाटक, केरल, आंध्र प्रदेश जैसे सीमावर्ती राज्यों के लोगों में हिन्दी के प्रति किसी तरह की दुर्भावना नहीं देखी जाती है। उदाहरण के लिए जिस 'राजस्थान पत्रिका' में अंग्रेजी के बजाय हिन्दी की अनिवार्यता पर बल देते हुए एक टिप्पणी प्रकाशित थी। आखिर क्या कारण है उस हिन्दी के विरोध का जिसका अस्तित्व संस्कृत के बिना है ही नहीं, उस संस्कृत के बिना जिसके 60 से 70 प्रतिशत शब्द तमिल के साथ-साथ श्रीलंका की सिंहली भाषा में हैं?

ऐसे अनेक सवालों के बीच हमारी यह यात्रा कब समाप्त हो गयी हमें पता

भी नहीं चला। वापसी हमने राजधानी एक्सप्रेस से की लेकिन यहाँ भी हमारी व्यवस्था से जुड़े कई सवालों ने पीछा नहीं छोड़ा। हज़रत निजामुद्दीन रेलवे स्टेशन पर उतरने से पहले बिस्तर समेटने आये दो लड़के पास आकर बख्शीश माँगने लगे। मुझे हैरानी हुई कि जब रेलवे इन्हें बाकायादा तनख्वाह देता है, इस बख्शीश माँगने का अर्थ क्या है? लेकिन लड़कों को सिर्फ बख्शीश लेने से मतलब था। यदि पूरी ट्रेन के यात्रियों से उन्हें तीन-चार सौ रुपये की बिना मेहनत किये आमदनी हो जाये, तो उसमें बुरा क्या है? हालाँकि मैंने उन्हें बख्शीश के रूप में कुछ नहीं दिया लेकिन ट्रेन से उतरते हुए सोचता रहा कि आखिर माँग कर खाने की या कहिए मुफ्तखोरी की हमारी आदत कब जायेगी? वापस लौटते समय निजामुद्दीन रेलवे स्टेशन पर खड़ी राजधानी एक्सप्रेस की ओर मैंने पलटकर देखा तो एकाएक मुझे लगा जैसे 'कफन' के घीसू और माधो हमें ही निहार रहे हैं।

लेखक का लोक

मैं इसे पूरी ईमानदारी से स्वीकार करता हूँ कि मैं उन बिरले परम भाग्यशालियों में से नहीं हूँ जो यह दावा कर सके कि किताबें ही मेरा ओढ़ना है, और किताबें ही बिछोना। मैं उन भाग्यशालियों में से भी नहीं हूँ जो यह कह सके कि किन किताबों को पढ़कर मैंने अपने लेखन की सीढ़ियाँ तय कीं। सच तो यह है कि मैं उन बहुत से अभागों में से एक हूँ जिन्होंने ऐसी बहुत-सी देशी-विदेशी कालजयी रचनाओं/पुस्तकों के दर्शन ही नहीं किये हैं, जिन्हें पढ़कर हिन्दी का एक बड़ा लेखक वर्ग लेखन की ऊँचाइयों को छू पाया है। हालाँकि कहा यह जाता है कि लेखक बनने से पहले किसी भी व्यक्ति को खूब पढ़ना चाहिए। मैं इस धारणा से भी इत्तेफाक नहीं रखता हूँ। परन्तु यह व्यक्ति विशेष के सामाजिक, आर्थिक और एक हद तक उसके साहित्यिक परिवेश पर निर्भर करता है। उसका साहित्यिक विवेक और समझ इसी परिवेश से बनता-बिगड़ता है। मगर इसके बरअक्स एक पक्ष और है जो किसी भी लेखक के लिए साहित्यिक विवेक, समझ और उनकी परिपक्वता व नज़रिए को धार देता है, वह है उसका लोक और जीवन संघर्ष। पुस्तकें मेरी समझ से एक लेखक में लेखन के प्रति ललक और जिज्ञासा तो पैदा करती हैं किन्तु उसकी समझ को अपने लोक को समझे बिना न हम अपने सरोकारों को समझ सकते हैं न ही अपनी दुनिया को। किताबों से अधिक एक लेखक की दुनिया को ज़्यादा व्यापक उसका लोक ही बनाता है।

यहाँ मैं लोक का ज़िक्र बार-बार इसलिए कर रहा हूँ कि हमारी पूरी मध्यकालीन अर्थात भक्तिकालीन काव्य परम्परा का निर्माण इसी लोक में हुआ है। उस काल का पूरा काव्य अपने लोक से ही उपजा है। कबीर, रैदास, गुरु नानक, रसखान, रहीम और इनके समकालीन में मेवात के संत लालदास (लाल खाँ) जैसे लोक संतों ने पुस्तकों को पढ़कर अपनी जीवन-दृष्टि समृद्ध नहीं की अपितु अपने लोक के प्रति वह उदारता थी, जिसके चलते संत लालदास जैसे अनाम संत मेवों से अधिक हिन्दुओं के आराध्य हैं। मेरे जैसे लेखक के लिए

यह और भी दुष्कर है कि मैं यह दावा कर सकूँ कि मेरी लेखकीय दृष्टि किन पुस्तकों के चलते समृद्ध हुई। फिर भी मैं पीछे मुड़कर अतीत को टटोलते हुए याद करने की कोशिश करता हूँ तो सबसे पहले मेरी जिन रचनाओं में मुठभेड़ हुई वे थीं 'बड़े घर की बेटी', 'दो बैलों की कथा।' यह मुठभेड़ पाठ्यपुस्तकों के अन्तर्गत आनेवाली रचनाओं से थी।

अगर छात्र जीवन से अलग हटकर एक पाठक की हैसियत से किसी रचना अथवा पुस्तक को पहली बार पढ़ने का प्रश्न है, सबसे पहले मैंने विलियम शेक्सपीयर की 'मैकबेथ' पढ़ी। सुनकर आपको हैरानी हो सकती है कि साहित्यिक दृष्टि से बंजर मेवात जैसे इलाके का कोई पाठक, वह भी मात्र तेरह-चौदह बरस का, शेक्सपीयर को पढ़ने की डींगें हाँक रहा है। पर सच है जब मैं शायद आठवीं कक्षा का छात्र रहा होऊँगा तब मैंने 'मैकबेथ' पढ़ ली। पहली बार एक पाठक की हैसियत से पढ़ी गयी 'मैकबेथ' की कहानी बड़ी मजेदार है। दरअसल, मेरे पड़ोस में रहने वाले प्राथमिक विद्यालय के ओमप्रकाश मेहता, जिन्हें लगभग पूरा नगीना गाँव ओमी मास्टर कहकर बुलाता था, मात्र तीन किलोमीटर दूर दूसरे गाँव गुमट बिहारी के प्राथमिक विद्यालय में एकमात्र अध्यापक थे। एक दिन मैं उनके साथ गुमट बिहारी चला गया था। वहाँ जाकर मुझे पहली बार पता चला कि मैं जिस तरह के सरकारी प्राथमिक विद्यालय की इमारत में पढ़ा करता था, यहाँ तो कोई ऐसी सरकारी इमारत है ही नहीं। बल्कि वहाँ के एक मुगलकालीन मक़बरे की इमारत में कुछ छात्रों को देखा। ओमी मास्टर ने पहले इस मक़बरे में चलने वाले विद्यालय को दिखाया। मक़बरे के नीचे मेहराबों के अन्दर देखा तो पाया विद्यालय का सामान वहाँ रखे कुछ लोहे के बड़े-बड़े सन्दूकों में रखा जाता है। उन्होंने एक सन्दूक को खोल कर दिखाते हुए बताया कि इस सन्दूक में विद्यालय का पुस्तकालय है। अगर मुझे कोई पुस्तक पढ़ने के लिए चाहिए, तो मैं ले लूँ। मैंने बेमन से एक पुस्तक उठा ली। पुस्तक क्या, मोटे-मोटे शब्दों में प्रकाशित ऐसी कायदानुमा पुस्तक, जो आजकल साक्षरता मिशन या दूसरी सरकारी योजना के अन्तर्गत नवसाक्षरों के लिए प्रकाशित की जाती है, पढ़ने के लिए ले ली। इसके बाद वापस आकर उन्होंने कहा, 'तुझे एक चीज दिखलाता हूँ।' उन्होंने दो छह-सात वर्षीय हमउम्र छात्रों, जो जुड़वाँ भाई थे, से कहा कि वे एक गीत सुनाएँ।

उन छात्रों ने मिलकर एक स्वर में जो फिल्म का गीत सुनाया, उसे सुनकर कोई भी मुग्ध हो सकता था। ओमी मास्टर ने बाद में मुझे बताया कि ये बच्चे मरीसी समुदाय के हैं। घर आकर मैंने 'मैकबेथ' को पढ़ना शुरू किया तो पढ़ता

ही चला गया, और लगभग चौबीस पृष्ठों के इस संक्षिप्त नाटक, जो कहानी के रूप में प्रकाशित किया गया था, को कब पढ़ गया पता ही नहीं चला। 'मैकबेथ' में जहाँ तक मुझे याद है आसमान में उड़ते प्रेत जैसे विवरण दिये गये थे। इसके बाद मैंने ओमी मास्टर के इस अजूबे पुस्तकालय से और कई पुस्तकें पढ़ीं, जिनमें इसी आकार की दूसरी पुस्तक 'हेमलेट' थी। मगर इसमें वह मज़ा नहीं आया, जो 'मैकबेथ' को पढ़कर आया था।

पुस्तकें पढ़ने का चस्का मुझे गुमट बिहारी के उस मुगलकालीन मकबरे के नीचे स्थित पुस्तकालय से प्राप्त की गयी शेक्सपीयर के 'मैकबेथ' ने लगाया। बाद में मैंने नगीना के अपने राजकीय उच्चतर माध्यमिक विद्यालय के पुस्तकालय से डेनियल डेफो की 'रॉबिन्सन क्रूसो' और 'पोंड ऑफ फ्लेश' के संक्षिप्त हिन्दी अनुवाद 'वेनिस का सौदागर' शीर्षक से तथा एकाध पुस्तकें और पढ़ीं। उन दिनों पहली बार मुझे पता चला था कि हर विद्यालय में विद्यार्थियों को आसानी से पुस्तकें पढ़ने को नहीं दी जाती हैं, यह सोचकर कि कौन इनकी गिनती करता फिरेगा। ग्यारहवीं कक्षा में पाठ्यक्रम में लगी जैनेंद्र की कहानी 'पाजेब' भी पढ़ी। जहाँ तक याद है 'परदा' कहानी भी छात्र जीवन के दौरान ही स्कूली दिनों में पढ़ी। बाद में, यह पढ़ने की ही ललक थी कि एक तरफ राजन इकबाल सीरीज के अंतर्गत चर्चित जासूसी गुटके पढ़े जाने लगे, तो 'मनोहर कहानियाँ' भी पढ़ी जाने लगीं, तथा जैसे-जैसे उम्र बढ़ने लगी और किशोरावस्था पार की, गुलशन नंदा के कई लोकप्रिय उपन्यास भी पढ़ गया। 'मनोहर कहानियाँ' पढ़ने के दौरान एक लेख प्रायः पढ़ने को मिलता था और वह था 'जब मैं पाकिस्तान में जासूस था' जैसे आत्म संस्मरणात्मक लेख लिखने वाला धमेंद्र गौड़। यह नाम उस समय दिमाग के एक कोने में ऐसा बैठा हुआ था कि दिल्ली आने के बाद धमेंद्र गुप्त को मैंने एक बार कह दिया कि मैंने आपको 'मनोहर कहानियाँ' में बहुत पढ़ा है।

जिस पुस्तक ने मुझे लेखक बनाने में सबसे बड़ी भूमिका निभाई, वह थी महावीर प्रसाद शर्मा की 'मेवाती का उद्भव एवं विकास'। हालाँकि उससे पहले कविता-रूपी तुक्कों के अलावा छोटी-छोटी चीज़ें लिखनी ज़रूर शुरू कर दी थीं। लेकिन अपने कॉलेज (यासीन मेव डिग्री कॉलेज) के पुस्तकालय में मिली मेवात को समझने में इस पुस्तक ने मेरी समझ को काफी परिपक्व बनाया। मेवात के ऐतिहासिक सन्दर्भों और सांस्कृतिक-साहित्यिक जानकारियों ने पहली बार महसूस कराया कि कितनी निर्मम सच्चाइयाँ छिपी हुई हैं।

1981 में दक्षिणी आने तक यदि ईमानदारी से कहूँ तो दूसरी कल्पना करना मुश्किल था कि सचमुच मुझे एक लेखक के रूप में, वह भी अपने बूते पर

ऐसी स्वीकार्यता मिलेगी। 1984 के दौरान हिन्दी-कथाकार धर्मेंद्र गुप्त के साथ कॉफी हाउस आना, लेखक बनने की राह में पहला टर्निंग पॉइन्ट था। कनाट प्लेस स्थित मोहन पैलेस की ऊपर जाती सीढ़ियों में पता नहीं ऐसा क्या था कि जैसे-जैसे सीढ़ियाँ पार करता खुले में कॉफी हाउस पहुँचता। आसपास का दृश्य मानो आह्वान सा करता। न जाने यह महज संयोग था या एक अनचाहे में उठाया गया कदम कि एक सजग पाठक की हैसियत से दिल्ली में आकर जो सबसे पहला उपन्यास पढ़ा वह था राही मासूम रजा का 'आधा गाँव'। यह बात अलग है कि शुरुआत के लगभग दस-बारह पृष्ठों को पढ़ने, और पढ़ने के बाद समझने में हालत खराब हो गयी। लेकिन जैसे ही उपन्यास का मुहावरा समझ में आने लगा, वैसे ही लगने लगा यह उपन्यास पूर्वी उत्तर प्रदेश के गंगौली का नहीं मेरे अपने मेवात की कहानी है। बाद में हालत यह हो गयी कि मुझे नगरीय या शहरी पात्रों के उपन्यास अच्छे नहीं लगते। इसलिए 'आधा गाँव' के बाद 'काला जल', 'झीनी-झीनी बीनी चदरिया', 'राग दरबारी', 'मैला आँचल', 'गोदान' और बाद में 'डूब' जैसे उपन्यास ने ऐसा मानस तैयार किया कि जिस मेवात को मैं सांस्कृतिक दृष्टि से निरा बंजर समझे हुए था, इन उपन्यासों को पढ़कर लगा कि शायद ऐसे क्षेत्रों या अंचलों में ही हमारे असली चरित्र और पात्र छिपे हुए हैं। लेकिन प्रश्न यह था कि उपन्यास मेवात की पृष्ठभूमि के आधार पर क्यों लिखा जाये? हालाँकि 1990 तक आते-आते इसका खाका दिमाग में बनने लगा था और 1992 में राम जन्मभूमि-बाबरी मस्जिद के विध्वंस ने जैसे उपन्यास की जमीन तैयार कर दी। 'काला पहाड़' (1999) सच कहूँ तो 'आधा गाँव' से प्रेरित होकर ही लिखा गया उपन्यास है।

यह स्वीकार करने में मुझे कोई झिझक नहीं है कि कथा-साहित्य की अपेक्षा मेरी कोशिश समाज विज्ञान सम्बन्धी पुस्तकें को पढ़ने की रहती है। इस क्रम में मेरी आज भी सबसे प्रिय पुस्तक 'यादों से रचा गाँव' और एम.एन. श्रीनिवास की ही दूसरी पुस्तक 'आधुनिक भारत में जाति' रही है। इसके अलावा विश्वनाथ काशीनाथ राजवाड़े की 'भारतीय विवाह संस्था का इतिहास', 'बाबरनामा', 'मुगल सम्राट बार' (बिहार हिन्दी ग्रंथ अकादमी), 'संस्कृति के चार अध्याय' भी मेरी प्रिय पुस्तक इस मायने में रही हैं कि किसी भी रचनात्मक लेखन के लिए साहित्येतर लेखन कहीं ज्यादा खुराक का काम करता है। इनके अलावा यदि मैं दो पुस्तकों का उल्लेख न करूँ तो शायद मेरी बात अधूरी रहेगी। एक है प्रो. मैनेजर पांडे की 'साहित्य के समाजशास्त्र की भूमिका' और दूसरी है वीरभारत तलवार की 'रस्साकशी'। मैनेजर पांडे व वीर भारत तलवार की इन पुस्तकों के बारे में मेरा

मानना है कि दो महत्त्वपूर्ण पुस्तकें, बेहद खराब जगह से प्रकाशित हुई हैं। एक, जहाँ साहित्य के समाजशास्त्र को समझने में अपनी बड़ी भूमिका निभाती है, तो दूसरी नवजागरण काल के स्याह पक्ष को समझने में हमारी समझ की खिड़कियों को खोलती है।

मैं अपने लेखन के लिए कच्चे माल के रूप में ऐसी-ऐसी विधाओं और अलग-अलग विषयों की पुस्तकों को पढ़ता हूँ जिनके बारे में सोचना भी मुश्किल है। जैसे 'बाबुल तेरा देश में' को लिखते समय 'कुरान' या बहिश्ती ज़ेवर जैसे धार्मिक ग्रंथों का अध्ययन ही नहीं किया अपितु हाथरस शैली की नौटंकियों के रचयिता और इन्दरमन के शिष्य पंडित नथाराम शर्मा गौड़ द्वारा रचित 'स्याहपोश उर्फ़ पाक मुहब्बत' का भी अध्ययन किया। अपनी लोक कलाओं के प्रति मेरा शायद अनुराग यह है कि पंडित नथाराम शर्मा गौड़ द्वारा रचित 'भक्त पूरनमल' (पाँचों भाग), 'अमर सिंह राठौर' (दोनों भाग), 'रूप-बसंत (तीनों भाग), 'इंदल हरण' (दोनों भाग), 'कत्लजान आलम उर्फ ख्वाबे हस्ती (तीनों भाग) के अलावा 'सुल्ताना डाकू उर्फ गरीबों का प्यार', 'ऊदल का ब्याह उर्फ काठ का घोड़ा', 'हीर-राँझा उर्फ़ अपने का आशिक' जैसी चर्चित, लोकप्रिय एवं कालजयी नौटंकियों की प्रतियाँ मेरे पास सुरक्षित हैं, जो आज लगभग नष्ट हो चुकी हैं। जैसाकि मैंने कहा कि मेरा लोक ही मेरे लिए मेरी सबसे बड़ी किताबें हैं और अपनी इस लोकरूपी किताब को समझने के लिए मैं इतिहास, समाज, संस्कृति तथा अपने पड़ोसी समाजों से सम्बन्धित पुस्तकों का सहारा लेता हूँ। एक तरह डी.डी. कोसांबी की 'प्राचीन भारत की संस्कृति और सभ्यता' ने मुझे अपने लोक को समझने में मदद की, तो दूसरी तरफ रामशरण शर्मा की 'पूर्व मध्यकालीन भारत का सामंती समाज और संस्कृति' ने मेरे नजरिए को साफ करने में मदद की है। एक तरफ 'भारतीय संस्कृति' (शिवदत्त ज्ञानी) तथा 'मानव और संस्कृति' (श्यामा चरण दुबे) ने इसे और व्यापकता प्रदान की, तो दूरी तरफ 'अम्बेडकर ने मनुस्मति क्यों जलाई' तथा संतराम बी.ए. की 'हिन्दुत्व जो हिन्दुओं को ही ले डूबा' और 'जातिवाद का जनाजा' व 'हमारा समाज' ने भारतीय समाज के वर्णवादी व जातिगत अन्तर्विरोधों और विरोधाभासों की गिरहों को सुलझाने में काफ़ी मदद की। किसी भी समाज को, भले ही वह अपना ही समाज क्यों न हो, देखने भर से नहीं समझा जा सकता। उसे समझने के लिए उसके अतीत को समझना बेहद जरूरी है। 'काला पहाड़', 'बाबुल तेरे देश में' और 'रेन' के अलावा मेरे चौथे उपन्यास 'नरक मसीहा' को लिखने से पूर्व इन उपन्यासों के समाजों को समझने के लिए इसी अतीत में झाँकने की कोशिश की। उसमें झरोखों के

रूप में 'मुरक्का-ए-मेवात', 'संयुक्त प्रान्त की अपराधी जातियाँ' जैसी अनुपलब्ध अपितु दुर्लभ पुस्तकों का सहारा लिया।

किसी भी लेखक की सबसे बड़ी थाती होती है उसकी विश्वसनीयता और प्रामाणिकता। पाठकों की स्वीकार्यता भी इन्हीं पर आधारित होती है। मैं जानता हूँ कि एक लेखक के रूप में भले ही हमारा हिन्दी का अघाया सवर्णवादी तथाकथित अभिजन वर्ग मुझे स्वीकार न करे, परन्तु हमारे दूर-दराज के छोटे शहरों, कस्बों, गाँवों और नगरों में बैठे सुधीजनों की स्वीकार्यता कहीं ज्यादा बड़ी है। अगर ऐसा नहीं होता तो लगभग डेढ़ दशक पहले प्रकाशित पहले उपन्यास 'काला पहाड़' (1990) की गमक अभी तक गूँज नहीं रही होती। यह इसी स्वीकार्यता का प्रमाण है कि 'बाबुल तेरा देश में' (2005) तथा 'रेत' (2008) इसी सवर्णवादी चौहद्दी का अतिक्रमण कर पाठकों के मन में अपनी जगह बनाये हुए हैं।

पुस्तकों के मामले में मेरी अपनी कुछ निजी धारणाएँ हैं। आज कितनी संख्या में पुस्तकें आ रही हैं, जरूरी नहीं वे सब पढ़ी जाएँ। चूँकि लेखन एक पूर्णकालिक कर्म है, ऐसे में एक अंशकालिक लेखक से यह उम्मीद की जाए कि वह अधिक से अधिक पुस्तकें पढ़े, न व्यावहारिक है, न सम्भव है। वह भी ऐसे में जब दिन के दस घंटे आपके घर-परिवार चलाने के जुगाड़ में जाया हो जाएँ। अब यदि कोई इसके लिए मेरी मजम्मत करता है तो इसमें मैं कुछ नहीं कर सकता। हाँ, एक लेखक के लिए अधिक से अधिक अध्ययन करना चाहिए, इसे मैं स्वीकारता हूँ। और स्वीकारता हूँ कि चाहते हुए भी ऐसी अनगिनत पुस्तकें हैं जिन्हें पढ़ना तो सम्भव नहीं है। हाँ उनका स्पर्श मात्र करने का बड़ा मन करता है। अगर यह भी सम्भव नहीं है तो सिवाय बन्द आँखों में उनका स्मरण करना ही अपने आपमें उनको पा लेने जैसा है। पुस्तकों के प्रति मैं इतना भी ईमानदार हो लूँ, तो मैं इसे अपनी बड़ी उपलब्धि मानता हूँ। आज भी अपनी दुनिया को समझने के लिए पुस्तकों से अधिक रह-रहकर अपने 'लोक' में लौटता हूँ, और अपने संतों की तरह एक बेहतर दुनिया की कल्पना करता हूँ, क्योंकि हर लेखक अपने लोक का संत होता है, जो धूल और धूप के थपेड़े सहते हुए अपने अनुभवों को कागज पर उकेरता है।

लेखक की निर्ममता

चूँकि मेरी कहानियों की पृष्ठभूमि वास्तविक जीवन पर आधारित होती है, इसलिए इनके पात्र भी वास्तविक जीवन से लिए गये हैं। कल्पना का अंश मेरे इन पात्रों में तब होता है जब उनमें लेखक की भागीदारी बढ़ने लगती है। मुझे लगता है कि कभी-कभी ऐसे पात्र के चरित्र-निर्माण में कल्पना का तभी सहारा लिया जाता है, जब उससे सामाजिक विषमताओं और विद्रूपताओं के अतिक्रमण की अपेक्षा की जाती है। यह अतिक्रमण आम जनजीवन के वास्तविक चरित्रों के लिए असम्भव होता है और यही अतिक्रमण उन्हें आम पात्रों से बड़ा भी बनाता है। ऐसे पात्रों या चरित्रों के गुण-दोष अकेले उसी के नहीं होते अपितु उन सभी के होते हैं जिनकी हमने कभी कल्पना की होती है। जहाँ तक मेरे पात्रों का प्रश्न है उनमें समाज के उन पात्रों की प्रतिच्छाया कहीं अधिक होती है, जिनकी सामाजिक संरचना में एक महत्त्वपूर्ण योगदान होता है। कभी-कभी स्वयं लेखक को इतना निष्ठुर और निर्मम तक होना पड़ता है कि उसे स्वयं यहाँ तक कि अपने पिता, माँ और परिवार के अन्य सदस्यों तक को पात्रों में ढालना पड़ता है। 'भूकम्प' की पारो, 'महराब' की कलबत्ती और 'काला पहाड़' की रूमाली में मेरी माँ की छवि देखी जा सकती है। 'भूकम्प' कहानी में रथयात्रा के दौरान मेवात में पैदा हुए तनाव को मैंने साम्प्रदायिक सौहार्द के रूप में प्रस्तुत किया है। साम्प्रदायिक हिंसा का भय एक मरणासन्न व्यक्ति में किस तरह जीने की ललक पैदा करता है, इसका उदाहरण पारो के रूप में देखा जा सकता है। वास्तव में घटनाएँ तो वही होती हैं जो हमारे जीवन में आये दिन घटती हैं मगर इन्हें मार्मिक, संवेदनशील और यादगार पात्र ही बनाते हैं।

अपने पात्रों के बारे में यह कहना कि मुझे कौन-सा पात्र सबसे अधिक प्रिय है, जरा मुश्किल है। मुझे अपने सभी पात्र प्रिय हैं, विशेषकर वे पात्र जो सामाजिक-आर्थिक दृष्टि से उपेक्षित और शोषित हैं क्योंकि मेरी नजर में समाज की सबसे महत्त्वपूर्ण इकाई यही पात्र हैं। फिर भी मेरे प्रिय पात्रों में पारो, कलबत्ती

और रूमाली के अलावा 'लेकिन' की आयशा, 'सूर्यास्त से पहले' की कमला, 'सौदा' का हारून, 'रंग-अबीर' का वहीद, 'काला पहाड़' का सलेमी, मनीराम, मेमन और छोटेलाल सबसे प्रिय हैं।

अपने जिन पात्रों में मुझे जो सबसे अधिक चुनौतीपूर्ण पात्र लगे हैं उनमें से एक हैं 'बस, तुम न होते पिताजी' कहानी का जगन और 'काला पहाड़' के सलेमी और छोटेलाल। जगन इसलिए चुनौतीपूर्ण लगा क्योंकि परिवार में पिता जैसे भावनात्मक और नजदीकी रिश्ते के बावजूद वह अपने पिता की कारगुजारियों के प्रति इतना निर्मम हो जाता है कि पिता की मृत्यु के बाद वह उसकी तस्वीर तक घर में लगाने के विरुद्ध हो जाता है। सलेमी इस मायने में चुनौतीपूर्ण लगा कि मौजूदा भारतीय परिवेश में जब जाति और धर्म का स्थान मनुष्य से ऊपर हो गया हो, तब ऐसे चरित्रों की भूमिका बेहद महत्त्वपूर्ण और चुनौतीपूर्ण हो जाती है। वह भी ऐसे समय में जब एक ही समुदाय विशेष के लोगों को चिह्नित कर, उनका संहार किया जाता हो।

वास्तव में हम इस तथ्य को नजरअन्दाज कर जाते हैं कि इस आधुनिक कहे जाने वाले युग में हम हिन्दू या मुसलमान पहले हैं, दलित, पिछड़े या सवर्ण बाद में। आज जब भी कहीं साम्प्रदायिक हिंसा भड़कती है, तो हम सवर्ण या ब्राह्मणवादी व्यवस्था को भूल एकाएक दलित और पिछड़े हिन्दू हो जाते हैं। आश्चर्यजनक तो यह है कि अब यही लोग, विशेषकर हमारे तथाकथित बुद्धिजीवी और लेखकगण सबसे पहले चुप्पी साधने लगे हैं जो मौका-बेमौका इसी व्यवस्था को अपने हालात के लिए जिम्मेदार मानते हैं। इसके विपरीत इन्हीं शक्तियों के साथ मिलकर राजनीतिक सत्ता हथियाने के लिए गुपचुप तरीके से सौकेबाजी करते हैं। ऐसे मुश्किल समय में सलेमी जैसे देशभक्त, देश-प्रेमी बल्कि कहिये इस देश के मूल निवासी आखिर उम्मीद करें तो किससे करें? मगर नहीं, सलेमी जैसे लोग ही एक उम्मीद और विश्वास के सहारे हमारी मिली-जुली सांस्कृतिक एकता को बनाये हुए हैं। छोटेलाल जैसे लोग इस कोशिश में अन्त तक, उनका साथ दे रहे हैं। दूसरे अर्थों में कह सकते हैं कि दलित और अल्पसंख्यकों के बीच सदियों से चली आ रही इस जुगलबंदी का ये दोनों पात्र एक बेहतर उदाहरण हैं।

उस पात्र के बारे में, जिसे अभी तक नहीं रचा गया है, अभी से बताना कठिन है क्योंकि पता नहीं कौन-सा पात्र या चरित्र अभी अपने रचने का इंतजार कर रहा है। फिर भी मेरा मन मेवात के दो महानायकों को पात्र के रूप में रचने का है—पहला है, महाभारत पर आधारित 'पंडून को कड़ा' के रचयिता जन-कवि सादल्ला, जिसके दोहे मेवात की रग-रग में समाये हुए हैं, और दूसरा है मेवात

का अन्तिम शासक हसन खाँ मेवाती। उसी हसन खाँ मेवाती को जिसने बाबर की लाख कोशिशों के बावजूद उसके साथ मिलकर राणा साँगा के खिलाफ युद्ध करने से इनकार कर दिया था। मुझे वही पात्र कहीं ज्यादा प्रभावित करते हैं जिनकी निष्ठा मनुष्य और जीवन के प्रति अधिक होती है। ऐसे पात्रों की कल्पना या उनकी संरचना ही समाज और मनुष्य को बचाने की कोशिश है। कहना न होगा कि ऐसे पात्रों और लोगों की आस्था से ही जीवन बचा हुआ है। जब तक ये बचे हुए हैं लेखक भी बचा हुआ है।

मुझे नहीं लगता है कि मौजूदा कथा-साहित्य में कुछ ही तरह के पात्रों को बढ़ावा दिया जा रहा है। वास्तव में हम पूरे हिन्दी कथा-साहित्य को पढ़ना तो दूर रहा, देख भी नहीं पाते हैं। जिसे पढ़ते या देखते हैं वह पूरा कथा-साहित्य नहीं है। इसीलिए लगभग एक जैसे पात्रों की एकरूपता लगती है। अगर हम सम्पूर्ण समकालीन कथा-साहित्य को देखें तो शायद इस अवधारणा की गुंजाइश ही न बचे।

लेखक की चुनौतियाँ

हमारी पीढ़ी को अपने पूर्ववर्तियों से कहीं अधिक सुविधाएँ प्राप्त हैं, विशेषकर तकनीकी सुविधाएँ। मुझे नहीं लगता है कि किसी तरह की असुविधाओं से हमारा साबका पड़ता है। उदाहरण के लिए युवा रचनाकारों को लेकर यह धारणा बना दी गयी है कि इनकी कृतियों के प्रकाशन में प्रकाशक कम रुचि लेते हैं। इनका ध्यान केवल स्थापित या बड़े लेखकों की ओर होता है मगर पिछले एक दशक में यह धारणा टूटी है, जितनी कृतियाँ इस दौरान युवा रचनाकारों की आयी हैं, वह आश्चर्यजनक हैं। हाँ, कभी-कभी अवश्य लगता है कि इस पीढ़ी को नजरअन्दाज किया जा रहा है। जैसा मूल्यांकन उनका होना चाहिए वैसा हो नहीं रहा है, या होता है तो थोड़ा देर से होता है। जबकि ऐसा है नहीं।

यदि रचना में दम है तो वह अपना रास्ता खुद बनाएगी। अपनी पूर्ववर्ती पीढ़ी को मैं दो वर्गों में बाँटकर देखता हूँ। पहला तो वह जो सातवें दशक के अन्त तक अपने उत्कर्ष पर थी लेकिन आठवें दशक के शुरू होते-होते इसकी सृजनात्मकता भोथरी पड़ती चली गयी। इसके बाद जो पीढ़ी आयी उसके लेखन में कहीं ज्यादा ऊर्जा, विषय की भिन्नता, व्यापकता और समाज को अलग तरह से देखने की दृष्टि दिखाई दी।

यह सृजनात्मक ताप और बेचैनी जो हमसे ठीक पहले की पीढ़ी में थी, हमारी पीढ़ी के लिए एक मार्गदर्शक बनी। मुझे नहीं लगता कि मौजूदा समाज की वैयक्तिक कुंठाओं और आकांक्षाओं के लिए साहित्य में कोई जगह बची है। आज जिस तरह चीजें एकदम सतह पर आकर बहुत साफ-साफ दिखाई देने लगी हैं, उसमें कुछ भी छिपा हुआ नहीं है। इसीलिए मेरी तो यह कोशिश रहेगी कि वैयक्तिक आकांक्षाओं से मुक्त होते हुए अपने समाज के, वह भी हाशिए के लोगों विशेषकर उपेक्षित, दबे-कुचलों की आकांक्षाओं को पहले से कहीं अधिक स्पेस दिया जाये। हालाँकि हमारी पूर्ववर्ती पीढ़ी ने इन बेचैनियों और आकुलताओं को महसूस तो बहुत पहले कर लिया था किन्तु खुलेमन से उन्हें साथ लेकर चलने

की जैसी जरूरत थी, वैसा वे नहीं कर पाये। शायद या तो ऐसा करने के पीछे कोई सामाजिक दबाव रहा होगा, या फिर उन्होंने यह कल्पना नहीं की थी कि सामाजिक समानता और अपने आर्थिक हकों के लिए यह वर्ग इतना मुखर होकर अपनी बात कहेगा। इसी चूक या कहिये भूल, जो अपने पूर्ववर्तियों से रह गयी थी, पूरा करने की कोशिश होगी।

मेरी अपने पूर्ववर्तियों से कोई शिकायत नहीं है क्योंकि विचारों की दुनिया में किसी से किसी को कोई शिकायत नहीं होती है बल्कि जो उनसे रह जाता है उसे पूरा करना हमारा ध्येय होना चाहिए। अपने से पूर्ववर्ती और अपने बाद की पीढ़ियों से हमेशा एक अपेक्षा रहती है जो जब उनसे पूरी नहीं होती है तो वही एक शिकायत का रूप ले लेती है। हमारी पूर्ववर्ती पीढ़ी इन बहुत सारी अपेक्षाओं को पूरा करने में लगभग असमर्थ सी रही है और दिलचस्प यह है कि अपनी साहित्यिक यात्रा के अन्तिम पड़ाव पर होने के बावजूद उन्हें अपने होने न होने की कहीं अधिक चिन्ता है। यह चिन्ता हमें गाहे-बगाहे उनके उद्दीप्त प्रलापों में देखने-पढ़ने को मिल भी जाती है। शायद यही वजह है कि मौजूदा साहित्यिक परिदृश्य से पाठक तो पाठक स्वयं लेखक भी सन्तुष्ट नहीं दिखाई दे रहा है।

मुझे लगता है ऐसा हमारी प्राथमिकताओं में व्याप्त अन्तर्विरोधों के चलते हो रहा है। दूसरा, इधर एकाएक कुछ ऐसे नीरस, असामयिक और असंगत विषयों पर चर्चा होने लगी है जिनमें निजी महत्त्वाकांक्षाओं और कुण्ठाओं की व्याप्ति कहीं अधिक है। ऐसा लगता है हमारी पीढ़ी को जानबूझकर गम्भीर विषयों से अलग रखने की कोशिश की जा रही है। जबकि इसके बरअक्स हमारी पीढ़ी का बहुत बड़ा वर्ग जो कि निम्न-मध्यवर्गीय है, उसके सामने दूसरे सरोकार हैं। तेजी से बढ़ती सामाजिक-आर्थिक असमानता और एकाएक साम्प्रदायिकता में वृद्धि, ये कुछ ऐसी चुनौतियाँ हैं जो पहले से कहीं अधिक जटिल हुई हैं और इनका बार-बार सामना करना, इनसे टकराना ही हमारी पीढ़ी का मुख्य सरोकार है।

ऐसा कभी नहीं रहा कि समाज पर साहित्य ने कोई प्रभाव डाला हो। वह समय और था जब लेखक की एक हैसियत होती थी, साहित्य को पढ़ने वाले बहुत दिखाई देते थे। ऐसा अभी भी है बेशक लेखक की हैसियत न के बराबर रह गयी है लेकिन पाठक उसी अनुपात में बढ़ा भी है। मनोरंजन के असीमित साधनों के बावजूद आज भी पुस्तकों के प्रथम संस्करण डेढ़-दो वर्ष में समाप्त हो जाते हैं। साहित्य का असर यदि हमें कम होता दिखाई दे रहा है तो उसका कारण साहित्य नहीं अपितु साहित्य में, विशेषकर हिन्दी साहित्य में उस नवधनाढ्य अभिजात वर्ग की घुसपैठ है जिसके लिए साहित्य भी एक उत्पाद है और इस उत्पाद में निवेश

वह तब तक करता है जब तक उसे उससे प्रतिष्ठा मिलती रहेगी। जिस दिन साहित्य उसकी प्रतिष्ठा को एक ऊँचाई विशेष तक पहुँचा देगा, वह इसमें निवेश बन्द कर देगा। कहना न होगा कि मौजूदा साहित्य बाजारवाद के तौर-तरीकों के अनुसार संचलित हो रहा है। ऐसे साहित्यिक प्रपंचों ने साहित्यिक विश्वास को बहुत आघात पहुँचाया है। इन प्रपंचों में हमारे कुछ पूर्ववर्ती उन्मुक्त भाव से अपने हितों की पूर्ति के लिए समिधा डालने का कार्य कर रहे हैं। हमारी आस्थाओं और प्राथमिकताओं को जिस तरह इस बाजार ने झिंझोड़ा है उससे युवा रचनाकारों का दायित्व और उनकी चुनौतियाँ कहीं अधिक गम्भीर और व्यापक ही हुई हैं।

इतिहास के परिप्रेक्ष्य में परिवार

कहा जाता है कि मनुष्य एकमात्र ऐसा प्राणी है जिसकी सामाजिक संरचना अन्य प्राणियों से सर्वथा भिन्न है। अपनी प्रारम्भिक सभ्यताओं से वह समूहों में रहता आया है। समूह में रह कर उसने न केवल समाज का निर्माण किया बल्कि इसके अन्तर्गत उसने राष्ट्र और सत्ता का ऐसा निर्माण किया, जिसकी व्यापकता और अनिवार्यता के बिना मानव-विकास के विभिन्न चरणों का पता लगाना असम्भव है। मानव सभ्यता के अनेक प्रमाण यह साबित करते हैं कि मनुष्य की प्रवृत्ति शुरू से ही समूहों में रहने की रही है और समूहों में रहकर ही उसने 'परिवार' जैसी महत्त्वपूर्ण संस्था की स्थापना की।

यह निर्विवाद है कि अपने प्रारम्भिक युग में मनुष्य स्वच्छन्दता के साथ विचरण करता था लेकिन प्राकृतिक आपदाओं से स्वयं को सुरक्षित रखने एवं अन्य वन्य प्राणियों से बचाव करने के लिए ही उसने नदियों के किनारे या पहाड़ों की कन्दराओं में समूहों के रूप में जीवन-यापन शुरू किया। कालान्तर में यह सामूहिक जीवन बसावटों एवं बस्तियों में तब्दील हो गया। जैसे-जैसे उसका मानसिक विकास होता गया वैसे-वैसे उसकी जीवन-शैली, आचार-व्यवहार और सामाजिक संरचना में ही परिवर्तन होने लगा।

दरअसल, सातवीं शताब्दी के प्रारम्भ तक 'परिवार' के इतिहास नाम की कोई चीज नहीं थी और यदि जो थोड़ा-बहुत छुटपुट उपलब्ध थी भी वह उस समय मूसा की पाँच पुस्तकों तक ही सीमित थी। उन पुस्तकों में परिवार के पितृ सत्तात्मक रूप को ही परिवार का सबसे प्राचीन रूप मान लिया गया था जबकि ऐसा है नहीं। दरअसल, आरम्भ में मानव जाति में सम्बन्धों का स्वरूप स्थिर नहीं था और एक प्रकार की यौन-स्वच्छन्दता का प्रचलन था, जिसके कारण किसी के बारे में यह पता लगाना कठिन था कि उसका पिता कौन था? अतः वंश केवल माता के नाम से ही चलता था। इसलिए कहा जा सकता है कि मानव जाति के आरम्भिक काल में मातृ-सत्तात्मक परिवार प्रणाली थी।

दरअसल, परिवार का सबसे विकसित रूप रोमन परिवार है, जिसे फैमिलिया कहा जाता था। फैमिलिया का शुरू में वह अर्थ नहीं था जो आज माना जाता है। यानी जिसमें आपसी मन-मुटाव, कलह और धीरे-धीरे अनेक कुरीतियों का समावेश हो गया। आदिकालीन रोम समाज में भी इस शब्द का अर्थ विवाहित दम्पति और उनके बच्चों से नहीं था बल्कि यह केवल दासों का ही सूचक था। फैमिलिया शब्द वास्तव में फैमूलस से बना है, जिसका अर्थ है घरेलू दास और फैमिलिया का अर्थ है एक व्यक्ति के सारे दासों का समूह। यहाँ तक कि गायस के समय भी उत्तराधिकार को लोग वसीयतनामे के द्वारा अपने वंशजों के लिए छोड़ जाते थे।

यहाँ इस तथ्य से इनकार नहीं किया जा सकता है कि सातवीं शताब्दी से पहले या उसके बहुत बाद तक भी 'स्त्री' की भूमिका परिवार में सर्वाधिक महत्त्वपूर्ण थी, क्योंकि 'परिवार' की व्यापकता और सार्थकता जैसे-जैसे बढ़ती गयी वैसे-वैसे स्त्री ही परिवार की धुरी बनती गयी। स्त्री ही वह इकाई थी जिसे अपने कुल या वंश का पता था और उसी ने परिवार को अधिक सुसंगत और संगठित बनाया। इसीलिए परिवार में माँ को 'अन्न गिनकर देने वाली' और पत्नी को 'घर की देखभाल करने वाली' कहा गया था। दोनों शब्द सम्भवतः तभी अस्तित्व में आये जब टोली जीवन अर्थात समूहों में घूमना-फिरना समाप्त हुआ और व्यक्तिगत पारिवारिक जीवन की शुरुआत हुई। पारिवारिक जीवन प्रणाली के शुरू होने के बाद परिवार के अन्य सदस्यों को भी उनके दायित्व और उनकी भूमिका के कारण नाम दे दिया गया। उदाहरण के लिए पिता या पितृ को पालन या रक्षा करने वाला, समूह यानी परिवार का भरण-पोषण करने वाला और समूह के लिए अन्न सामग्री लाने वाला भ्रातृ (भाई) कहा गया। इसी तरह जैसे-जैसे परिवार की प्रशाखाओं का विस्तार होता गया वैसे-वैसे उसके सदस्यों को भी एक रिश्तों के सूत्रों में बाँध दिया गया। अति प्राचीन आर्य समाज में यूथ अर्थात् समूह की सारी स्त्रियाँ सभी बच्चों की माताएँ होती थीं। यही कारण है कि उस काल में सामान्यतया स्त्री को 'जनि' कहा जाता था। 'जनि' यानी जन्म देने वाली—जन+इ। 'इ' का अर्थ है वह, और 'जन' यानी जन्म देना। 'जनि' अर्थ हुआ, वह जो जन्म देती है। समूह यानी यूथ की सब स्त्रियों का इस तरह 'जनि' शब्द से उल्लेख किया जाता था। 'जन' शब्द के अन्तर्गत स्त्री-पुरुष, छोटे-बड़े सभी आते थे और विशेष रूप से 'जनि' से उत्पन्न पुल्लिंग प्रजा इसके अन्तर्गत आती थी। सब पुरुष सब स्त्रियों के साथ मिला-जुला गृहस्थ जीवन व्यतीत करते थे। सम्भवतः आगे चल कर इसी गृहस्थ जीवन ने 'परिवार' का रूप ले लिया।

परिवार का विस्तार होने के साथ-साथ स्त्री और उसकी भूमिका गौण होती चली गयी और पुरुष की प्रधानता महत्त्वपूर्ण होने लगी। शायद यही कारण है कि स्त्री को जैसे-जैसे हाशिये पर लाया जाने लगा वैसे-वैसे संयुक्त परिवार प्रणाली और संगठित होने का अहसास बाद में होने लगा और आज स्थिति यह है कि स्त्री की भूमिका के गौण होने के कारण न केवल परिवार बल्कि समाज, राष्ट्र और सत्ता भावनात्मक दृष्टि से बेहद कमजोर स्थिति में है।

परिवार में स्त्री की भूमिका के गौण होने का प्रमुख कारण है सम्पत्ति का लगातार बढ़ना। जैसे-जैसे सम्पत्ति बढ़ती गयी वैसे-वैसे एक ओर तो परिवार के अन्दर नारी की तुलना में पुरुष की हैसियत बढ़ती गयी, दूसरी ओर पुरुष के मन में यह इच्छा जोर पकड़ती गयी कि अपनी मजबूत हो चुकी स्थिति का फायदा उठा कर स्त्री उत्तराधिकार की पुरानी प्रथा को उलट दिया जाये ताकि उसके अपने बच्चे, खासकर पुत्र सम्पत्ति के हकदार हो सकें। चूँकि जब तक मातृ-अधिकार के अनुसार वंश चल रहा था, तब तक यह सम्भव नहीं था। इसीलिए यह जरूरी था कि मातृ-अधिकार को उलट दिया जाये और ऐसा हुआ भी। उस समय के परिवेश में मातृ-अधिकार को उलटना इतना मुश्किल भी नहीं था जितना आज लगता है। दरअसल, पुरुष ने इसके लिए 'गोत्र' की व्युत्पत्ति करके पुरुष को ही गोत्र का संरक्षक और वर्द्धक घोषित किया गया, जिसके अनुसार पुरुष सदस्य ही वंशज कहलाएँगे और महिलाओं की उसमें कोई भूमिका नहीं होगी क्योंकि उन्हें वंश से अलग कर दिया। इस प्रकार मातृक वंशानुक्रम मातृ अधिकार की प्रथा उलट दी गयी और पैतृक उत्तराधिकार स्थापित हो गया।

इस प्रथा के उलटने का परिणाम यह हुआ कि तेजी के साथ पुरुष वर्ग का परिवार, समाज और राज्य सत्ता पर वर्चस्व कायम हो गया। इस वर्चस्व के कारण ही धीरे-धीरे उस आदर्श परिवार की परिकल्पना, जो मनुष्य के मानसिक विकास के साथ की गयी थी, कमजोर पड़ने लगी और संयुक्त परिवार प्रणाली जिसमें खुशहाली, सम्पन्नता और नैतिकता समाहित थी, विघटित होने लगी। यही कारण है कि पुरुष प्रधान समाज में परिवार, समाज और सत्ता का जो स्वरूप आज हमारे सामने मौजूद है वह स्त्री के दूसरे दर्जे के कारण ही है। जिन देशों में स्त्री को उच्च दर्जा प्राप्त है उन देशों में उनका समाज और सत्ता बेहतर स्थिति में है, जबकि जिन देशों में पुरुष मानसिकता एवं दम्भ का वर्चस्व है उसकी आर्थिक और सामाजिक ही नहीं बल्कि राजनैतिक स्थिति भी दयनीय है। उदाहरण के लिए एशिया के ज्यादातर देशों में परिवार की बागडोर स्त्री की बजाय पुरुष के हाथ में है जिसके कारण इन देशों के परिवारों में ज्यादातर

सदस्य न केवल पारिवारिक कलह, मानसिक तनाव, व्यक्तिगत कुण्ठाओं से ग्रस्त हैं बल्कि ऐसे अपराधों में संलिप्त होते हैं जिनके केन्द्र में स्त्री जाति ही होती है। देखा यह जाता है कि जिस परिवार का कोई भी सदस्य पारिवारिक कलह और अन्य अपराधों में संलिप्त होता है वही आगे चल कर समाज और राष्ट्र के लिए अधिक अहितकर साबित होता है।

इतिहास गवाह है कि जब तक संयुक्त परिवार प्रणाली अस्तित्व में रही तब तक परिवार और समाज कहीं अधिक खुशहाल रहा है। दूसरी ओर जैसे-जैसे संयुक्त प्रणाली का ह्रास होने लगा वैसे-वैसे न केवल परिवार में अशान्ति, तनाव और कुण्ठाओं में बढ़ोतरी होने लगी, बल्कि इससे हमारा अर्थतन्त्र और सामाजिकता भी प्रभावित हुई। उदाहरण के लिए भारत के बड़े-बड़े औद्योगिक घराने जब तक संयुक्त और संगठित रहे हैं तब तक इन घरानों का न केवल आर्थिक और सामाजिक पक्ष मजबूत रहा बल्कि इनकी सांस्कृतिक और राजनैतिक क्षेत्रों में भी बड़ी भूमिका रही है। इनके विघटन के बाद आर्थिक स्वार्थ अधिक निर्ममता के साथ उभरने लगे।

आज के सन्दर्भ में भारतीय परिवार में स्त्री की भूमिका जितनी महत्त्वपूर्ण है उतनी इससे पहले शायद ही रही हो। हालाँकि वैदिक काल में भी स्त्री का महत्त्वपूर्ण स्थान था लेकिन बाद में धीरे-धीरे उसे महज परिवार का एक सदस्य ही नहीं बल्कि उसे शूद्र और पशु के समकक्ष रखकर देखा जाने लगा। इसीलिए भारतीय समाज में स्त्री की दशा को देखते हुए तुलसीदास ने कहा भी था—

ढोल, गंवार, शुद्र, पशु, नारी।
ये सब ताड़न के अधिकारी॥

भारतीय परिवार में स्त्री की दशा को देखते हुए ही राष्ट्रपिता महात्मा गाँधी ने स्त्री-शिक्षा पर बल देते हुए कहा था कि परिवार में पुत्र को शिक्षित करने का अर्थ है मात्र एक सदस्य को शिक्षित करना और पुत्री को शिक्षित करने का अर्थ है दो परिवारों को शिक्षित करना। गाँधी जी का यह कथन सुनने में भले ही हलका लगता है लेकिन यदि गम्भीरतापूर्वक इस पर विचार करें तो उनका यह कथन अनेक पक्षों और आयामों को अपने आप में निहित किये हुए लगता है। चूँकि पुत्र को शिक्षित करने से केवल वही शिक्षित होता है लेकिन यदि पुत्री को शिक्षित किया जाता है तो वह न केवल अपने परिवार के छोटे भाई-बहनों को शिक्षित करने का प्रयास करेगी बल्कि जिस परिवार में ब्याह कर जायेगी उस परिवार के सदस्यों और अपनी सन्तानों को शिक्षित और संस्कारयुक्त बनाएगी। इस प्रकार यदि कोई परिवार शिक्षित और संस्कारयुक्त होता है तो

उस परिवार में न केवल खुशहाली होगी बल्कि उससे राष्ट्र और समाज दोनों का हित अवश्यंभावी है।

वैदिक काल में स्त्री को परिवार और समाज दोनों में उच्च स्थान प्राप्त था, क्योंकि वेदों में कहीं पत्नी को गृहणी ही ग्रह है, तो कहीं गृहलक्ष्मी कहा गया है। कहीं नारी को कुलपालक कहा गया है तो कहीं इसे कुटुम्ब-पालक कहा गया है। कहीं नारी को परिवार की स्वामिनी कहा गया है तो कहीं उसे समाज की अग्रणी कहा गया है। लेकिन इसी काल में स्त्री पर पुरुष वर्ग की श्रेष्ठता भी साबित की गयी, जैसे कि अथर्ववेद के तृतीय खंड में कहा भी गया है–

आजामि त्वा अजन्या परि मातृस्थोपितः।
यथा मम क्रतावसो मम चित्त मुपायति ॥

यानी मैं (पुरुष) अंकुश दिखाकर प्रेरित करता हूँ कि तुम माता एवं पिता से दूर रहो ताकि इससे तुम मेरे नियन्त्रण में रहोगी, मेरे मन के अनुसार बर्ताव करोगी।

स्त्री को उपेक्षित रखने से इसका सीधा प्रभाव परिवार पर पड़ने लगा, जिनके कारण संयुक्त परिवार प्रणाली बेहद कमजोर पड़ने लगी। हालाँकि संयुक्त परिवार प्रणाली के विघटन के लिए आर्थिक पक्ष को अधिक जिम्मेदार माना जाता है लेकिन वास्तव में ऐसा है नहीं। समाज के बदलते हुए स्वरूप को देखते हुए दूसरे पक्षों को नज़रअन्दाज नहीं किया जा सकता। यह सही है कि इस प्रणाली के विघटन के लिए आर्थिक पक्ष एक महत्त्वपूर्ण कारण है लेकिन बढ़ती हुई महँगाई, परिवार के सदस्यों में निरन्तर बढ़ोतरी और बेरोजगारी जैसे पक्ष भी इस पर सीधा असर डालते हैं। अब वह समय नहीं रहा है जब परिवार के एक-दो सदस्य कमाने वाले हों और पूरा परिवार खाने वाला। यह धारणा अब लगातार खत्म होती जा रही है और परिवार के ज्यादातर वयस्क सदस्यों से कमाकर लाने की अपेक्षा की जाने लगी है। विश्व में आये दिन नयी-नयी तकनीकों एवं प्रौद्योगिकी के विकास के कारण घर में जरूरत की अन्य वस्तुओं की माँग के कारण भी परिवारों में यह विघटन होने लगा है। संयुक्त परिवार प्रणाली का सबसे ज्यादा असर कृषि भूमि और सम्पत्ति सम्बन्धी बँटवारे पर पड़ता है। चूँकि भूमि की अपनी निश्चित सीमा होती है इसीलिए यदि उसे बड़े परिवार से अलग हुए छोटे परिवारों और उनके सदस्यों के बीच बाँट दिया जाता है तो इससे न केवल उसकी उत्पादकता पर असर पड़ता है बल्कि उसके टुकड़ों में बँटने से उसकी सार्थकता भी बेमानी हो जाती है। यही कारण है कि ग्रामीण क्षेत्रों से निरन्तर शहरों की ओर पलायन हो रहा है बेरोजगारी निरन्तर बढ़ रही है और इसके कारण व्यक्तिगत कुण्ठाओं

और अपराधों में भी वृद्धि हो रही है। इससे न केवल परिवारों के विघटन का सिलसिला जारी है बल्कि हमारे भारतीय परिवारों में वृद्धजनों की लगातार उपेक्षा भी हो रही है।

इस प्रकार यदि देखा जाये तो परिवार सिर्फ व्यक्ति के नैसर्गिक विकास के लिए एक जरूरी संस्था नहीं है बल्कि समाज, राष्ट्र और सत्ता के लिए एक संगठित और सुव्यवस्थित संस्था का काम भी करती है। आज जरूरत इस बात की है कि परिवारों को नैतिक रूप से मजबूत किया जाये बल्कि उसके हरेक सदस्यों को यह अहसास कराया जाये कि परिवार की इस इकाई का एक अच्छे और मजबूत राष्ट्र के निमार्ण में सहयोग भी रहता है। इसके लिए परिवार के प्रत्येक सदस्यों, चाहे वह स्त्री हो या पुरुष, को समानता की दृष्टि से देखा जाये। उन्हें शिक्षित करने का पूरा प्रयास किया जाये और स्त्री को वही सम्मान दिलाया जाये जो आज से शताब्दियों पूर्व था। क्योंकि परिवार संगठित होगा तो समाज संगठित होगा और यदि समाज संगठित होगा तो राष्ट्र संगठित होगा। भारतीय परिवारों के लिए तो यह और भी जरूरी है क्योंकि भारतीय समाज में अभी जो मूल्य बचे हुए हैं, जो परम्परा अभी भी जीवित है उसी के चलते स्वस्थ समाज की परिकल्पना को पूरा किया जा सकता है।

एक बेमानी समाज

तेरहवीं लोकसभा के भंग होने और चौदहवीं लोकसभा के लिए आम चुनावों की तिथियों की घोषणा तथा उनकी अधिसूचना जारी होने से कुछ दिन पहले तक देश के तमाम राष्ट्रीय और क्षेत्रीय समाचार पत्रों में शहरी विकास तथा गरीबी उन्मूलन मन्त्रालय, भारत सरकार का एक विज्ञापन प्रकाशित होता रहा। इस एक-पृष्ठीय विज्ञापन के माध्यम से देश में पिछले पाँच सालों में विभिन्न आय वर्गों के परिवारों द्वारा 'शुभ गृह प्रवेश' की आँकड़ों सहित सूचना थी यह विज्ञापन। मन्त्रालय के इस विज्ञापन में यह बताया गया था कि ऐसा ब्याज दरों के 18 प्रतिशत से 7 प्रतिशत तक घटने और केन्द्र सरकार के द्वारा गृह निर्माण को प्रोत्साहन देने के लिए विभिन्न फैसलों और नयी योजनाओं से सम्भव हुआ है। यह विज्ञापन बताता है कि मन्त्रालय ने प्रतिवर्ष 20 लाख अर्थात पाँच सालों में एक करोड़ नये मकान बनाने का वायदा किया था। लेकिन लगभग साढ़े चार वर्षों में ही लक्ष्य से अधिक यानी 1.55 करोड़ मकान बनाने का आँकड़ा पार कर लिया।

आँकड़ों से भरी इस उपलब्धि को देखकर किसी भी राष्ट्रभक्त भारतीय को अपनी सरकार और उसके इस मन्त्रालय पर गर्व हो सकता है। विज्ञापन देखकर मैंने भी अपने आपको गौरवान्वित महसूस किया लेकिन थोड़ी देर बाद जो सवाल पैदा हुआ, वह कुछ-कुछ परेशान करने वाला-सा था। लगा जैसे यह एक-पृष्ठीय विज्ञापन और उसके आधे से अधिक हिस्से पर एक खूबसूरत चित्र वर्तमान भारतीय समाज और उसकी व्यवस्था का मखौल उड़ा रहा है, करोड़ों भारतीयों को मानो मुँह चिढ़ा रहा है। इस एक पृष्ठ के विज्ञापन में यह खूबसूरत चित्र किसी और का नहीं अपितु एक निजी चैनल पर प्रसारित होनेवाले उस धारावाहिक 'सास भी कभी बहू थी' की नायिका 'तुलसी' अर्थात स्मृति मल्होत्रा का था जो धारावाहिक महज कुछ खाए-पिए अधाए परिवारों में ही लोकप्रिय है। आँखों में समृद्धि की चमक, गुदाज कलाई में पहने मोटे सोने के कड़े चेहरे से टपकते लावण्यवाली इस नायिका की ओर से उद्धृत ये पंक्तियाँ 'किराये के घर

में तो खुशियाँ भी किराये की लगती थीं...हर उत्सव और उल्लास में जैसे कोई कमी रह जाती हो, अपना घर सचमुच अपना घर होता है...है न! मैंने तो सपने में भी नहीं सोचा था कि घर के लिए कर्ज इतनी आसानी से वह भी कम ब्याज पर मिलेगा' उस तथाकथित खुशहाल भारत पर करारा व्यंग्य है जिसके बड़े-बड़े होर्डिंग्स से समूचा देश पट-सा गया था।

भारत सरकार के इस मन्त्रालय...'गरीबी उन्मूलन' द्वारा प्रकाशित इस विज्ञापन ने मेरे अन्दर जो पहला और बड़ा सवाल पैदा किया वह था कि क्या गरीबों का प्रतिनिधित्व अब ये स्मृति मल्होत्राएँ करेंगी? जिनका अपना 'घर' नहीं होता है क्या उनकी खुशियाँ अपनी नहीं होती हैं? यह मेरा दुराग्रह, मेरी कुण्ठा, मेरी संकीर्णता या फिर कुछ भी हो सकती है लेकिन याद करिये पिछले एक दशक से इस देश की कुल आबादी के एक प्रतिशत से कम का यह वर्ग एकाएक भारतीय समाज पर न केवल वर्चस्व कायम कर चुका है बल्कि यह भारतीय समाज का पर्याय बन चुका है। गौर से दखिये दूरदर्शन और निजी चैनलों पर रोजाना प्रसारित होने वाले उन दर्जन भर धारावाहिकों को जिनकी कथा इन्हीं मेहता, मल्होत्रा, आहूजा, कपूर, खन्ना आदि परिवारों के ही इर्द-गिर्द घूमती दिखाई देती है। ये उन परिवारों की कथाएँ हैं जिनमें गरीबी को किसी कोढ़ से कम नहीं माना जाता है। इनकी नफरत गरीबों के प्रति देखते ही बनती है।

इन धारावाहिकों की अपनी कुछ विशेषताएँ हैं। पहली यह कि इनके निर्माता/निर्मात्रियों से लेकर सभी कुछ इन्हीं परिवारों का है। भूल जाइए 'हम लोग' जैसे उस सॉप आपेरा को जिसका हर पात्र और हर घटना हमें 'बस' अपनी-सी लगती थी। जिसकी बड़की, मँझली और छुटकी में अपनी उन्हीं बहनों और बेटियों का चेहरा दिखाई देता था, जो हैं तो आज भी लेकिन दिखाई नहीं देती हैं। अब इनमें सिर्फ 'पुत्तर' है। अत्याधुनिक दिखने वाले ये परिवार, विचारों से कितने उथले हैं, हम रोजाना देखते हैं। जो वैभव, जो परिवेश इन मैगा धारावाहिकों में दिखाई देता है उसका आम भारतीय का दूर-दूर तक का रिश्ता नहीं है। सभ्य कहे जाने वाले इन परिवारों में हजारों, लाखों की नहीं करोड़ों की बात होती है, बावजूद इसके कि यह 'धंधा' क्या करते हैं? इन परिवारों में रिश्तों की पूरी बुनियाद केवल 'धन' पर टिकी होती है। धन भी मेहनत और ईमानदारी से कमाया जाने वाला नहीं बल्कि छल, कपट और गलत हथकंडों से अर्जित किया गया। पग-पग पर घात-प्रतिघात, छल-कपट ईर्ष्या-नफरत और लगभग सभी दर्जे की कुटिलताएँ इन परिवारों की मानो रग-रग में समाई हुई हैं। हर घर में एक भव्य और विशाल मन्दिर अवश्य दिखाई देगा जिसकी शरण में पाँव में मामूली-से

काँटे लगने पर जाना अनिवार्य है। अन्धविश्वास और पाखण्ड को जिस उदारता से महिमा मंडित किया जा रहा है उसे देख कई बार इनके सुशिक्षित और सभ्य होने पर सन्देह-सा होता है। भारतीय पर्वों का मूल रूप पूरी तरह विकृत कर दिया गया है। अत्याधुनिक दीखने वाले इन परिवारों की जड़ें तो दिखाई देती हैं 'अपने' भारत में मगर इनकी आत्माएँ भटकती रहती हैं विदेशों में, वह भी केवल अमेरिका में। एक विशेष तरह का नया चलन इन धारावाहिकों के इन परिवारों में देखा जाने लगा है, वह और भी भयानक है अर्थात् इन परिवारों में देशभक्ति का जज्बा एकाएक उबाल लेने लगा है, जबकि इस देश का स्थायी और असल भारतीय सन्देहास्पद।

सवाल फिर वही है कि क्या अब भारतीय और भारतीय समाज का प्रतिनिधित्व यही अघाया हुआ वर्ग करेगा? शायद हाँ, क्योंकि घटाई जाने वाली ब्याज की दरें इन्हीं के लिए हैं। उस गरीब किसान, मजदूर, दलित और पिछड़े के लिए नहीं जिनके लिए 'ब्याज' आज भी ता-उम्र गुलामी का साधन है। राजनीति से लेकर अन्य क्षेत्रों में इस वर्ग का जिस तेजी से वर्चस्व बढ़ा है, उसे देखते हुए दूसरी गुलामी का अन्दाज़ा लगाना मुश्किल नहीं है। सच ही तो है मनुष्य के लिए आर्थिक गुलामी सबसे बड़ा अभिशाप है।

दिलचस्प पहलू यह है कि इस देश की सरकार का शहरी विकास तथा गरीबी उन्मूलन मन्त्रालय द्वारा विभिन्न आय वर्गों के जिस 1.55 करोड़ परिवारों का पिछले साढ़े चार सालों में शुभ गृह प्रवेश कराया है, उनमें 'सास भी कभी बहू थी' की यह बहू तुलसी यानी स्मति मल्होत्रा भी एक है। दूसरे शब्दों में कह सकते हैं कि इस विज्ञापन के अनुसार इस 'देशी बहू' ने अपने नये घर में प्रवेश ब्याज पर ऋण लेकर किया है। जबकि पूरा देश जानता है कि यह 'देसी बहू' एक राजनीतिक पार्टी में पूरे गाजे-बाजे के साथ शामिल हो चुकी हैं। मम्बई के एक अखबार 'मिड डे' ने यह रहस्योद्घाटन तक कर डाला कि ये 'देसी बहू' इस पार्टी में एक करोड़ रुपये देकर शामिल हुई हैं। थोड़ी देर के लिए अखबार की इस खबर पर हम यकीन न करें लेकिन यह एक सन्देह तो पैदा करती ही है कि एक करोड़ न सही कुछ लाख तो दिये होंगे? जबकि एक अन्य अखबार के अनुसार यह 'देसी बहू' देश का चुनाव तक लड़ना चाहती थीं। यानी जो घर इस 'देसी बहू' ने कम ब्याज दर पर ऋण लेकर खरीदा था, उस 'घर' की कीमत राजनीति में आकर उस देश से वसूलना चाहती है।

एक बड़ा सवाल यह है कि भारत सरकार का यह मन्त्रालय इस विज्ञापन में इस 'देसी बहू' का चित्र देकर क्या सन्देश देना चाहता है? इससे बड़ा सवाल

यह है कि जिस कलाकार का केन्द्रीय भूमिका वाला धारावाहिक समृद्ध समाज में इतना लोकप्रिय है तथा पारिश्रमिक के रूप में प्रति एपिसोड कई लाख मिलते होंगे और अन्य कार्यक्रमों से भी पारिश्रमिक मिलता होगा उसे ब्याज पर ऋण लेने की जरूरत क्यों पड़ी? क्या यह विज्ञापन एक फरेब है? आप बटोरे गये धन से राजनीति में तो प्रवेश कर सकते हैं लेकिन उससे अपने लिए एक घर नहीं खरीद सकते। घर आपको सस्ते ब्याज पर लिए गये ऋण से खरीदना है। यदि आप ऐसा नहीं करेंगे तो कौन आपकी ईमानदारी पर यकीन करेगा? कैसे पता चलेगा कि आप इस गरीब देश के गरीब नागरिक हैं? ऐसा लगता है रुपहले पर्दे पर अभिनय करते-करते संस्कार भी रुपहली कुटिलताओं में तब्दील हो गये हैं। लेकिन इस देश का यही दुर्भाग्य है कि उनके करोड़ों-करोड़ दीनहीनों के दुःखों और अभावों का अब संसद से लेकर रंगीन पृष्ठों पर यही वर्ग प्रतिनिधित्व करता है और करता रहेगा दूसरों के दुःखों को अपने अभावों की चाशनी में लपेट कर।

दलित विमर्श की विडम्बनाएँ

पिछले लगभग एक दशक से हिन्दी साहित्य में दलित साहित्य ने अपनी उपस्थिति जितनी तेजी और मुखरता के साथ दर्ज कराई है, वह अनायास नहीं है। हिन्दी साहित्य में दलित साहित्य की उपेक्षा वर्षों से महसूस की जा रही थी क्योंकि भारतीय समाज की ब्राह्मणवादी व्यवस्था में दलित नायकों की उपेक्षा की तरह, दलित साहित्य भी वर्षों तक ब्राह्मणवादी सोच के चलते हिन्दी साहित्य की मुख्यधारा से कटा रहा। हिन्दी साहित्य में भारतीय समाज के इस सबसे बड़े लेकिन सबसे तिरस्कृत समाज के नायकों का उल्लेख एक सोची-समझी साजिश के तहत नकारा जाता रहा। समाज को एकसूत्र में पिरोने की उनकी कोशिशों को वर्ण-व्यवस्था की दुहाई देकर दर-किनार किया जाता रहा। नतीजतन हुआ यह कि दलितों को न केवल सामाजिक व्यवस्था के हाशिये पर रहने के लिए विवश होना पड़ा, अपितु उनके नायकों की आवाज भी नहीं सुनी गयी। धीरे-धीरे भारतीय समाज के ब्राह्मणवादी सोच के रचनाकार दलितों की व्यथा, उनकी पीड़ा और उनकी उपेक्षाओं को अपनी मर्जी से प्रस्तुत करने लगे और एक समय ऐसा भी आया जब दलितों के दुःखों को बयान करने का जिम्मा भी इन्होंने अपने सिर ओढ़ लिया, जो सदियों से आज भी चला आ रहा है। इसीलिए प्रायः कहा जाता है कि हिन्दी साहित्य में भारतीय समाज के इस उपेक्षित समाज का जो वर्ग प्रतिनिधित्व करता आ रहा है, उसके लेखन में या तो दलितों के प्रति मात्र सहानुभूति का भाव था, या दूर से एक पर्यटक की भाँति बाह्य क्रिया-कलापों को दर्शाया गया था। उनके आहत अन्तर्मन को गम्भीरता से बाँचने की कभी कोशिश ही नहीं की गयी। और आज जब दलितों ने स्वयं अपनी पीड़ा को अभिव्यक्ति देने का प्रयास किया है, तो उसी वर्चस्ववादी वर्ग में आकुलता और बेचैनी साफ देखी जा रही है।

इधर समय-समय पर न केवल कुछ पत्र-पत्रिकाओं और राष्ट्रीय दैनिकों ने दलित विमर्श को केन्द्र में रखकर अपने-अपने विशेषांक निकालकर दलित साहित्य को हिन्दी साहित्य की मुख्यधारा में लाने की जो सफल कोशिश की

है, वह स्वागत योग्य है। यहाँ तक कि कुछ दलित लेखक-पत्रकारों ने न केवल दलित साहित्य पर शोध किये हैं बल्कि उनकी पुस्तकें भी प्रकाशित हुई हैं। इन विशेषांकों ने जहाँ दलित विमर्श को एक नया आयाम प्रदान किया है, वहीं हिन्दी जगत के सुधी पाठकों को एक नयी धारा भी प्रदान की है, चूँकि दलित वर्षों से सामाजिक-आर्थिक शोषण और भेदभाव का शिकार होते आ रहे हैं, इसलिए इसमें आश्चर्य नहीं होना चाहिए कि उनकी रचनाओं में इस भेदभाव के विरुद्ध उनके लिए दबी हुई आग बाहर न निकले। फलस्वरूप आज दलित साहित्य के रूप में रचनाओं का बहुलता से प्रकाशन हो रहा है। जहाँ उस साहित्य के माध्यम से एक ओर दलित मनःस्थिति से हिन्दी का पाठक रू-ब-रू हो रहा है, वहीं दूसरी ओर मौजूदा दलित विमर्श को लेकर एक ऐसा कोहरा छाया हुआ है, जिसमें अनेक प्रश्न, अनेक मुद्‌दे और अनेक भ्रांतियाँ मौन साधे खड़ी हैं।

दलित विमर्श के आलोक में सबसे अहम सवाल आज भी जस का तस बना हुआ है, जिसका न तो अभी तक दलित बुद्धिजीवियों द्वारा कोई सन्तोषजनक जवाब दिया गया है, और न ही गैर-दलित बुद्धिजीवी कोई तर्क जुटा पाये हैं कि आखिर 'दलित' किसे माना जाये? उन्हें जो जन्म से अवर्ण हैं और जिन्हें हिन्दू समाज में व्याप्त वर्ण-व्यवस्था के आधार पर शूद्र माना गया है? इस सवाल को थोड़ा और खुलकर व्यापक बनाते हुए कहा जाये तो उचित होगा कि या केवल उन्हें जिन्हें संवैधानिक आधार पर शिक्षा और नौकरियों में आरक्षण प्राप्त है, या उन्हें भी दलित माना जाये जिनका दलन इन दलितों की तरह आज भी जारी है। अब चाहे यह दलन शस्त्र (शक्ति) द्वारा किया जा रहा हो या शास्त्र द्वारा, बात एक ही है। कमोबेश दलित साहित्य की भी यही स्थिति है क्योंकि दलित समाज की अवधारणा में इस विभाजन से दलित बुद्धिजीवियों में न केवल दलित परिभाषा को लेकर एक भ्रम बना हुआ है बल्कि, इस परिभाषा को भी लेकर मतभेद हैं। इसीलिए दलित बुद्धिजीवी अपनी-अपनी समझ और सुविधानुसार इस परिभाषा को नये-नये अर्थ देने में लगे हुए हैं। यही एक कारण भी है कि इन्हीं भ्रान्तियों के चलते हिन्दी का दलित साहित्य मराठी की अपेक्षा अपना पथ प्रशस्त करने में कठिनाई महसूस कर रहा है, क्योंकि हिन्दी के दलित लेखक ने 'मॉडल' तो मराठी साहित्य का ले लिया मगर इनमें मराठी लेखकों की तरह ऊर्जा, विचार और प्रतिवद्धता का अभाव साफ दिखाई देता है। मराठी दलित साहित्य में सवर्णों पर सीधे-सीधे प्रहार करने के बजाय उन्होंने अपनी पीड़ा और संताप को शिद्‌दत के साथ अभिव्यक्ति प्रदान कर यह साबित किया है कि व्यवस्था के बजाय व्यवस्था निर्माताओं को घृणा कर पात्र बनाया जाये। मगर हिन्दी दलित साहित्य में आक्रोश

और आत्मालाप अधिक झलकता है; जबकि बकौल डॉ. धर्मवीर के होना यह चाहिए कि 'वर्ण व्यवस्था से शिकायत करने की अपेक्षा उनके जनक से दो-दो हाथ करें। यदि ब्राह्मण इस व्यवस्था के लिए जिम्मेदार है, तो उसे वर्ण-व्यवस्था का ऐसा घिनौना पात्र सिद्ध कर दें कि ब्राह्मण थर-थर काँप उठे।" लेकिन क्या यह सम्भव है? इस 'क्या' का जवाब शायद हमारे दलित बुद्धिजीवियों के पास हो! बेशक ब्राह्मण इस व्यवस्था के लिए जिम्मेदार है लेकिन इसकी जड़ें उन्होंने पूरे समाज में इतने गहरे तक पिरो दी हैं कि जो दलित सत्ता, राजनीति या साहित्य में अपनी पैठ बना लेते हैं, उनकी भी वही मानसिकता हो जाती है, जिसके विरुद्ध उन्होंने कभी आवाज उठायी थी। फलस्वरूप अपने ही समाज में उनका आचरण ब्राह्मणवादी सोच के उन्हीं लोगों के समान हो जाता है, जिन्होंने इस व्यवस्था का निर्माण किया था। उन्हें लगता है कि सवर्णों के समकक्ष आये बिना समाज में उन्हें वह रुतबा प्राप्त नहीं होगा, जिसकी उन्हें अपेक्षा है।

वास्तविकता तो यह है कि दलित-विमर्श पर एक ऐसी धुंध छायी हुई है, जिसे ईमानदारी के साथ पोंछने की कभी कोशिश नहीं की गयी, बल्कि इस धुन्ध में परस्पर एक ऐसा छाया-युद्ध छिड़ा हुआ है, जिसमें वार जहाँ होना चाहिए, वहाँ न होकर वह अपने ही ऊपर हो रहा है। जो कोशिश हो भी रही है थोड़ी-बहुत, वही सन्देह के घेरे में आ जाती है। इसका ताजा उदाहरण है 'दलित साहित्य 1999' का सम्पादकीय, जिसमें सम्पादक ने अपनी चिन्ता दलित-विमर्श के गहन सरोकारों के प्रति कम, साहित्य में मची हुई 'बन्दरबाँट' को लेकर अधिक प्रकट की है। उनकी असली चिन्ता यही है कि कैसे इस 'बन्दरबाँट' में दलितों को भी हिस्सेदार बनाया जाये? सच पूछा जाये तो वस्तुस्थिति है भी यही कि हिन्दी साहित्य की तरह दलित साहित्य में वर्चस्वता को लेकर एक शीतयुद्ध छिड़ा है ताकि उसके सहारे ब्राह्मणवादी सोच के सवर्ण लेखकों के बगल में बैठा जा सके। ठीक राजनैतिक वर्चस्वता की तरह। जिस तरह पिछड़ों के नाम पर भारतीय राजनीति में कुछ ही 'विशिष्ट' जातियों का वर्चस्व है, उसी तरह दलितों के नाम पर भी कुछ ही 'विशिष्ट' जातियों का वर्चस्व है। धीरे-धीरे यही वर्चस्व राजनीति से होता हुआ उन सभी क्षेत्रों में फैल गया जिनमें राजनीति में प्रवेश के बिना पहुँचना मुश्किल था चूँकि साहित्य राजनीतिक प्रभावों से मुक्त नहीं हो सकता इसलिए साहित्य में साहित्य कम राजनीति अधिक होने लगी है। पिछड़ों के नाम पर जिस भारतीय राजनीति में एक विशिष्ट जाति का ही एकाधिकार है, उसकी प्रतिच्छाया दलितों में भी साफ देखी जा सकती है। जिस तरह 'पिछड़े' होने का अर्थ केवल यादव है, उसी तरह 'दलित' होने का अर्थ केवल जाटव है। यदि समानान्तर दृष्टि से

देखा जाये तो पिछड़ों के नाम पर यादव और दलितों के नाम पर जाटव, इन्हीं दो विशिष्ट वर्गों का सभी क्षेत्रों में आधिपत्य और एकाधिकार बना हुआ है। आज भी अधिकतर अति पिछड़ी जातियाँ और अति दलित वर्ग अपने आपको देश की मुख्यधारा से जोड़ पाने में असहाय हैं। दोनों वर्गों में यही विशिष्ट वर्ग पिछड़ों और दलितों के नाम पर प्रतिनिधित्व करता आ रहा है इसलिए वर्चस्व की इस लड़ाई में जो जीत हासिल करने की स्थिति में है वह नित नयी-नयी स्थापनाओं और प्रतिमानों को खोज रहा है। जो इसे प्राप्त करने में किसी भी तरह सफल नहीं हो पा रहा है, वह आरोप-प्रत्यारोपों की बौछार कर उनके नजदीक पहुँचने के प्रयास में जुटा हुआ है। उसकी चिन्ता अपने समाज व अपने साहित्य की शुचिता को कायम रखने की नहीं अपितु कम या कुछ न हासिल होने का मलाल अधिक है। उसकी चिन्ता साहित्य में व्याप्त चाटुकारिता और माफियाओं को लेकर है, न कि इससे टकराने की है। इसकी चिन्ता उस समितियों के अध्यक्ष और सदस्यों को लेकर है जो फैलोशिप, स्कॉलरशिप व देश-विदेश भिजवाने में अपनी भूमिका निभाते हैं। उसकी चिन्ता सबसे अधिक उस समूह के प्रति है जो प्रतिष्ठा और सम्मान के साथ-साथ करोड़ों रुपये के बजट आपस में मिल-बाँटकर डकार रहा है तथा उसकी सबसे बड़ी एक चिन्ता यह भी है कि दलितों को इस 'बन्दरबाँट' में कुछ नहीं मिला, चूँकि यह राष्ट्र का पैसा है और दलित भी राष्ट्र का हिस्सा हैं इसलिए किसी भी रूप में सारा का सारा लाभ गैर-दलितों तक सीमित नहीं रहना चाहिए। अतः साहित्य के नाम पर करोड़ों रुपये के सरकारी धन की इस 'बन्दरबाँट' में दलितों का भी हिस्सा होना चाहिए।

उपरोक्त सम्पादकीय के इस अंश को पढ़कर पहली बार महसूस हुआ कि यश की चाह और लूट तन्त्र की इस व्यवस्था ने किस कदर हमारी सोच को कुंद कर दिया है, स्याह और सफेद का अन्तर तक समाप्त कर दिया। सम्पादक को भूलना नहीं चाहिए कि सृजन यश और धनार्जन का माध्यम नहीं है। वास्तव में दोष इसमें इन सम्पादक महोदय का भी नहीं है, दरअसल हमारे समाज का तन्त्र ही ऐसा रूप धारण कर चुका है कि जिसे कुछ हासिल नहीं हुआ उसे लगता है हर तरफ भ्रष्टाचार, भाई-भतीजावाद, असमानता फैली हुई है। लेकिन इस 'बन्दरबाँट' के लिए सम्पादक ने साहित्य को ही क्यों चुना? क्या उसके लिए अन्य क्षेत्र नहीं हैं जहाँ इस 'बन्दरबाँट' में आसानी से हिस्सा मिल सकता है?

इधर दलित समाज में व्याप्त जातिगत भेदभाव को लेकर भी एक नयी बहस शुरू हो गयी है कि क्या दलितों में भी जातिगत भेदभाव होता है? देखने और कहने के लिए ऐसा लगता नहीं है मगर भारतीय समाज में जातिगत भेदभाव जैसा

बरसों पहले था, उससे कहीं अधिक आज है। यह भेदभाव बराबर हमें खुलेआम राजनीतिक मंचों पर देखने को मिल जाता है। इस बहस को नया मोड़ दिया है ओमप्रकाश वाल्मीकि की कहानी 'शवयात्रा' ने, जो इंडिया टुडे में (जुलाई, 1998) प्रकाशित हुई थी। यह सही है कि हर लेखक के अनुभव, उसकी पीड़ा अपने समाज पर तथा अपने परिवेश पर आधारित होते हैं। इसीलिए गैर-दलितों की अपेक्षा पिछड़ों के अनुभव गैर-दलितों से अलग हैं और दलितों के पिछड़ों से अलग हैं। इसलिए वाल्मीकि ने अपनी इस कहानी के प्रकाशित होने के बाद दलित बुद्धिजीवियों द्वारा व्यक्त की गयी तीखी प्रतिक्रियाओं के जवाब में कहा था कि दलितों में भी ब्राह्मणवादी सोच बहुत गहरे तक जड़ जमाये हुए है। वे जिस बात के लिए गैर-दलितों का विरोध करते हैं, उसी बात को स्वयं अपने भीतर छिपाये बैठे हैं। यह कहानी किसी विशिष्ट वर्ग के विरुद्ध लिखित कहानी नहीं है अपितु दलितों में बैठी ब्राह्मणवादी उस सोच का विरोध करती है और एक ऐसे समाज की आकांक्षा को बल देती है, जहाँ सभी दलित एकजुट हों और एक-दूसरे के दुःखों को बाँटकर एकजुट होकर संघर्ष करें।' वाल्मीकि के इस कथन में उनकी यह पीड़ा साफ झलकती है कि जिस वर्ण व्यवस्था या ब्राह्मणवादी सोच के खिलाफ वे अन्य दलितों के साथ कंधे से कंधा मिलाकर प्रतिरोध करने का आह्वान करते हैं, वही व्यवस्था और सोच उनका अपनों के बीच रहते हुए भी पीछा नहीं छोड़ रही है। वाल्मीकि शायद भूल रहे हैं कि जिस वर्ग के बुद्धिजीवी उनका विरोध कर रहे हैं या उन पर जातिगत भेदभाव बढ़ाने का आरोप लगा रहे हैं वे उनसे श्रेष्ठ जाति के हैं। हालाँकि बाद में कुछ समझदार किस्म दलित चिन्तकों ने सच्चाई स्वीकारने के बजाय यह कहकर अपना पल्लू झाड़ लिया कि इस विवाद के पीछे उन ब्राह्मणवादी लेखकों का षड्यन्त्र है, जो दलितों को एकजुट होने हुए नहीं देख पा रहे हैं।

इसी कहानी के सन्दर्भ में सूरजपाल चौहान की आत्मकथा के कुछ अंश 'कल के लिए' के दलित साहित्य विशेषांक में पढ़े जा सकते हैं जिसमें सूरजपाल चौहान ने अपनी जाति के लेखक पर की गयी टिप्पणियों का बेहद तल्खी से उल्लेख किया है। अपने इस अंश में उन्होंने लिखा है कि एक अंग्रेजी पत्रिका के लिए कुछ दलित साहित्यकारों को साक्षात्कार हेतु बुलाया गया। इस साक्षात्कार के लिए आने वाले साहित्यकारों में साहित्यकार तो थे ही अपितु कुछ ऐसे व्यक्ति भी थे जो न तो कहीं से दलित थे और न ही साहित्यकार। साक्षात्कार से पूर्व 'शवयात्रा' कहानी को लेकर जिस तरह कुछ दलित साहित्यकार विचलित थे और उन्होंने अपना रोष व्यक्त किया था वे निःसन्देह वाल्मीकि और चौहान से

उच्चजाति के थे, जो वाल्मीकि को कोस रहे थे। एक दलित साहित्यकार ने तो अपनी श्रेष्ठता सिद्ध करते हुए यहाँ तक कह डाला कि हम तो वाल्मीकियों के घरों में बैठकर खूब खाना खाते हैं। उनके बोलने के ढंग से लग रहा था कि अपने आपको वह वाल्मीकियों से श्रेष्ठ साबित कर रहे थे। मुझसे जब सहन नहीं हुआ तो मैंने कहा कि ऐसा कहकर आप जातिवाद को बढ़ावा दे रहे हैं, जिस पर वहाँ का माहौल काफी तनावपूर्ण हो गया था। हाँ, श्यौराज सिंह बेचैन ने अवश्य ही सच्चाई स्वीकारते हुए कहा था कि 'हम जाटवों का व्यवहार वाल्मीकि समुदाय के लोगों से कोई अधिक अच्छा नहीं रहा है तथाकथित सवर्ण जातियों की तरह हम भी कहीं न कहीं उनसे भेदभाव की दृष्टि रखते हैं। हमें अपने गिरेबान में भी झाँक कर देखना होगा। 'शवयात्रा' हमें यही सन्देश देती है।'

इसी तरह 'दलित साहित्य 1999' में ही एक लेख में इसी कहानी के सन्दर्भ में तेजसिंह की टिप्पणी है—'ओमप्रकाश वाल्मीकि ने कई वर्ष पहले 'कफन' को दलित विरोधी कह कर कटु आलोचना की थी और वे रातोंरात हिन्दी साहित्य में चर्चित हो गये। जिस साहित्यिक मानदण्ड के आधार पर यानी दलित चेतना के आधार पर उन्होंने 'कफन' को दलित चेतना विरोधी कहानी कहा था क्या उसी मानदंड के आधार पर 'शवयात्रा' कहानी को दलित चेतना विरोधी कहानी नहीं ठहराया जा सकता? निश्चित ही यह दलित चेतना विरोधी कहानी मानी जानी चाहिए क्योंकि वाल्मीकि ने इस कहानी की शुरुआत नकारात्मक दृष्टिकोण से की है।' आगे तेजसिंह स्वीकारते भी हैं कि 'यह सही है कि दलित जातियों में भी जातिगत भेदभाव व्याप्त है, पर यह समाज का मुख्य अन्तर्विरोध नहीं है बल्कि गौण अन्तर्विरोध है, जिसे सामाजिक परिवर्तन की प्रक्रिया में धीरे-धीरे खत्म किया जा सकता है। कहानी लिखकर वे दलित समाज के जातिगत भेदभाव को और बढ़ाने का काम ही कर रहे हैं।' दरअसल 'शवयात्रा' कहानी से बहुत ही दलित बुद्धिजीवियों में (विशेषकर जाटव बुद्धिजीवियों में) ठीक उसी तरह की बेचैनी हो रही है, जैसी दलित साहित्य को लेकर सवर्ण या ब्राह्मणवादी सोच के लेखकों में होती है, बल्कि चेतना शब्द को लेकर जो व्याख्या ऊपर की गयी है, वह भी सन्देह के घेरे में आ गयी है।

वास्तव में देखा जाये तो तेजसिंह की चिन्ता, उनका आक्रोश और उनका दृष्टिकोण 'शवयात्रा' के बहाने उसी अन्तर्विरोध को इंगित करती है, जिसकी ओर मेरा इशारा है। उनकी वास्तविक परेशानी इस कहानी में व्याप्त जातिगत भेदभाव को उजागर करने को लेकर नहीं है, अपितु इस तथाकथित दलित एकजुटता पर हुए प्रहार को लेकर है जिसके सहारे तेजसिंह जैसे संकीर्ण मानसिकतावादी लेखक

दलित साहित्य में रातोंरात छा जाना चाहते हैं। क्या अपने अनुभवों को, अपनी पीड़ा को अभिव्यक्ति प्रदान कर वाल्मीकि दलित समाज के जातिगत भेदभाव को बढ़ाने का कार्य कर रहे हैं? यदि पूरे भारतीय समाज में व्याप्त जातिगत भेदभाव तेजसिंह के लिए मुख्य अन्तर्विरोध हो सकता है, तो दलितों में जातिगत भेदभाव मुख्य अन्तर्विरोध क्यों नहीं हो सकता? जिस सामाजिक समरसता के लिए दलित साहित्य की परिकल्पना की होगी, क्या वह समरसता इन्हीं मुख्य या गौण अन्तर्विरोधों का शिकार होकर नहीं रह जायेगी? अच्छा हो यदि हम पूरे भारतीय समाज में गहरे तक जड़ें जमा चुकी ब्राह्मणवादी सोच के साथ-साथ दलितों में ही व्याप्त जातिगत भेदभाव को जड़ों को भी काटें।

सच तो यह है कि दलित विमर्श पर इस धुंध में अभी भी बहुत कुछ साफ-साफ नहीं है। अपने समाज में शिखर पर पहुँचने की चाह ने उसे एक ऐसी दिशाहीनता प्रदान कर दी है कि तर्क-वितर्क की शक्ति भी भोंथरी हो गयी लगती है। इसका सबसे बढ़िया उदाहरण 'दूसरी दुनिया का यथार्थ' (सम्पादिका रमणिका गुप्ता) में प्रकाशित रत्न कुमार साँभरिया की कहानी 'शर्त'। एक ओर जहाँ हिन्दी साहित्य में यह बहस छिड़ी हुई है कि दलित और स्त्री, दोनों का स्थान भारतीय समाज में एक जैसा है। यानी जहाँ दलित हमारे समाज में आज भी तिरस्कृत है, वहीं स्त्री भी तिरस्कृत है। दोनों की स्थिति एक जैसी है अर्थात् 'स्त्री' स्त्री है, चाहे वह किसी भी समाज की क्यों न हो। जब-जब हमारे समाज में वर्ग या वर्ण-संघर्ष की स्थिति पैदा होती है सबसे अधिक स्त्री ही प्रताड़ित होती है। यहाँ तक कि साम्प्रदायिक दंगों की सबसे अधिक शिकार भी स्त्री ही होती है। मगर 'शर्त' कहानी सन्देश ही कुछ और देती है। इस कहानी के अनुसार यदि कोई दलित स्त्री सवर्ण पुरुष की हवस का शिकार होती है, तो बदले में सवर्ण स्त्री के साथ दलित भी वही सलूक करे जो दलित स्त्री के साथ हुआ। कहने का तात्पर्य यह है कि लेखक बलात्कार जैसी घिनौनी समस्या का निदान एक लेखक के रूप में नहीं अपितु एक 'पुरुष' के रूप में खोजता है और वह पुरुष भी कौन-सा? ब्राह्मणवादी सोच को पोषक करने वाला पुरुष। कहानी में लेखक का नजरिया दलित सोच के अनुरूप न होकर एक पितृ-सत्तात्मक समाज के पुरुष का होकर उभरता है क्योंकि 'पुरुष' अहम् का शिकार हुई तो 'स्त्री' ही न। इस कहानी में व्याप्त पुरुष मानसिकता की स्वयं सम्पादिका ने भी खूब आलोचना की थी—इसलिए नहीं कि वे सवर्ण हैं बल्कि इसलिए कि वे स्वयं एक स्त्री हैं। मान लीजिए ऐसा कहीं हुआ भी तो क्या एक लेखक की भूमिका घटना को सिर्फ जस का तस प्रस्तुत करना है? क्या लेखक का नजरिया समाज सापेक्ष नहीं होना चाहिए?

इधर दलित साहित्य में एक और चलन प्रचलन में आया है और वह यह कि दलित बुद्धिजीवियों को जहाँ-जहाँ लगता है कि प्राचीन ग्रंथों या पुरा-कथाओं में जो पात्र खलनायक थे, उन्हें दलित साहित्य में नायक के रूप में स्थापित करना। तर्क लगभग वही कि ब्राह्मण लेखकों ने जिन्हें खलनायक बनाया है वे तमाम नायक के रूप में दलित चेतना के साथ अपना सम्बन्ध जोड़ते हैं। कहा जा रहा है कि ब्राह्मण इन तमाम नायकों और योद्धाओं को खलनायक बनाने के अपराधी हैं, जो इस देश में जाति और वर्ग-विहीन समाज का निर्माण करना चाहते थे। और जो ब्राह्मणों की वर्ण-व्यवस्था के विरोधी थे। हाल में दलित साहित्यकार माता प्रसाद का प्रबन्ध-काव्य प्रकाशित होकर आया है 'दिग्विजयी रावण' से। इस प्रबन्ध-काव्य की समीक्षा 'दलित साहित्य 1999' में प्रकाशित हुई है, जिसमें इसके प्रमुख पात्र रावण को दलित साहित्य का अंग बताया गया है और कहा गया है कि इस प्रबन्ध-काव्य ने रावण के रूप में ऐसा सशक्त पात्र दलित चेतना को दिया है, जो दलित सौन्दर्य-शास्त्र को उसकी प्राचीनता के साथ-साथ नयी ऊर्जा भी प्रदान करता है। इसके पक्ष में यह तर्क दिया गया है कि हजारों वर्षों से चले आ रहे राम-रावण युद्ध की कथा की प्रासंगिकता का भी समाजशास्त्रीय अध्ययन किया जाये, ताकि यह स्थापित हो सके कि भारत राष्ट्र की एकता को राम की आवश्यकता है अथवा रावण की? यदि उपरोक्त तर्क और स्थापना को सही मान लिया जाये तो कोई बड़ी बात नहीं कि अफगानिस्तान में शरण लिए हुए इस्लामी कट्टरपन्थी ओसामा बिन लादेन, उड़ीसा में निर्दोष ईसाई मिशनरियों के हत्यारे दारासिंह या फिर दाऊद इब्राहिम भी अपने-अपने समाज के नायक कहलाये जाने लगेंगे, क्योंकि जहाँ एक ओर ओसामा बिन लादेन को विश्वभर में अमेरिका ने खलनायक बनाया है, तो दारासिंह पर यह आरोप है कि उड़ीसा में क्रिश्चिएनिटी को रोकने के लिए उसने ईसाई मिशनरियों को निशाना बनाया। दाऊद इब्राहिम पर आरोप लगाया गया है कि विवादास्पद ढाँचा ढहाये जाने के विरोध में उसने बम्बई में बम धमाके कराये। कहने का आशय यह है कि एक व्यक्ति दूसरे समाज के लिए खलनायक है तो जरूरी नहीं कि वह अपने समाज के लिए भी खलनायक हो। यदि रावण जैसा पात्र कबीर, रैदास और अम्बेडकर जैसे महामानवों के समकक्ष स्थापित हो गया तो वह दिन दूर नहीं तब कबीर, रैदास या अम्बेडकर जैसे महामानव गौण हो जायेंगे तथा हमारे समाज में रावण, ओसामा बिन लादेन या फिर दारासिंह जैसे पात्र स्थान ग्रहण कर लेंगे।

दलित परिभाषा को लेकर जो भिन्नताएँ हैं उसी का परिणाम है कि जहाँ गैर-दलितों में इस शब्द को लेकर भ्रम बना हुआ है, वहीं स्वयं दलित बुद्धिजीवी

भी इसके प्रति पूरी तरह आश्वस्त नहीं हैं कि वे स्वयं किसे दलित मानें? शायद इसीलिए 'दलित' शब्द के प्रति पैदा हुई वे भ्रान्तियाँ तब और बलवती हो उठती हैं जब एक दलित लेखक कुछ स्थापनाओं को अपने-अपने विवेकानुसार प्रस्तुत करता है। मिसाल के तौर पर जनवरी, 1997 में राष्ट्रीय सहारा ने हिन्दी लेखन में दलित चेतना पर 'हस्तक्षेप' के अन्तर्गत एक परिशिष्ट निकाला। हो सकता है मैं जिस बात को पुख्ता तौर नहीं कह पा रहा हूँ वह इससे साफ हो जाये। इस परिशिष्ट में 'अखिल भारतीय दलित पत्रकारिता' शीर्षक से एक शोधपरक जानकारी के साथ-साथ लगभग चालीस प्रमुख दलित लेखक-पत्रकारों की सूची दी गयी है। जहाँ 'अखिल भारतीय हिन्दी दलित पत्रकारिता' शीर्षक से जानकारी उस समय के 'हिन्दी के दिलत पत्रकारिता' विषय के शोधार्थी और वर्तमान में दलित साहित्यकार श्यौराज सिंह बेचैन ने प्रस्तुत किया है, वहीं दलित लेखक-पत्रकारों की सूची रजत रानी 'मीनू' ने प्रस्तुत की है। उस शोधपरक जानकारी के अन्तर्गत दलित पत्रकारिता के सम्बन्ध में इसके दूसरे पैरा में लिखा है कि 'दलित पत्रकारिता की पृष्ठभूमि के सन्दर्भ में यह उल्लेख करना समीचीन होगा कि हिन्दी में दलित पत्रकारिता के शुरुआती दौर में यानी 1924 में 'जात-पात तोड़क मण्डल' के मूर्धन्य हिन्दी सेवी सन्तराम बी.ए. की 'उषा' मासिक ने सामाजिक प्रश्नों को जगह दी।'

इसी तरह जिन चालीस लेखक-पत्रकारों की सूची दी गयी है उसमें ओमप्रकाश वाल्मीकि, डॉ. धर्मवीर, मोहनदास नैमिशराय, सूरजपाल चौहान, बर्राही, माता प्रसाद, डॉ. एन. सिंह, श्यौराज सिंह बेचैन, ललई सिंह यादव और डॉ. शान्ति यादव जैसे दलित लेखक-पत्रकार तो शामिल हैं मगर राजेन्द्र यादव, शिवमूर्ति, रामकुमार कृषक, लीलाधर मंडलोई, गोविन्द प्रसाद, प्रेम कुमार मणि जैसे लेखकों का कोई उल्लेख नहीं है। यह तो प्रस्तोता ही बेहतर जानती होंगी कि ललई सिंह यादव या डॉ. शान्ति यादव का हिन्दी साहित्य में क्या योगदान है पिछड़ों के नाम पर दलित लेखकों के रूप में सिर्फ एक विशिष्ट जाति के लेखकों का उल्लेख करना दलित साहित्य में अपनी मनमर्जी और मौकापरस्ती का इससे बेहतर उदाहरण और क्या हो सकता है। सन्तराम, बी.ए. जैसे मूर्धन्य हिन्दीसेवी, जोकि जाति से कुम्हार थे, क्या अन्तिम और पहले लेखक/पत्रकार थे जो इस जाति से थे?

पत्रिकाओं में 'प्रतिपक्ष' और 'युद्धरत आम आदमी' जैसा पत्रिकाएँ दलित पत्रिकाओं के रूप में शामिल हैं। कहने का तात्पर्य यह है कि जहाँ दलित लेखकों के रूप में पिछड़ों को शामिल किया गया है, वहीं कुछ ऐसी पत्रिकाओं को भी दलित पत्रिका मान लिया गया है जिन्होंने समय-समय पर दलित साहित्य पर

एकाध विशेषांक निकाले हैं। सबसे हास्यास्पद तथ्य तो यह है कि राजेन्द्र यादव और उनकी 'हंस' पत्रिका दोनों ही दलितों से बहिष्कृत हैं।

दरअसल, जहाँ अभी तक 'दलित परिभाषा' पर छाया धुँधलका साफ हो जाना चाहिए, उल्टा वह और गहराता जा रहा है, बल्कि सच्चाई तो यह है कि सन्तराम, बी.ए., ललाई सिंह यादव या डॉ. शान्ति यादव को दलित लेखकों में शामिल करना मात्र दिखावा भर है वरना ज्यादातर दलित (विशेषकर जिन्हें संविधान के अन्तर्गत आरक्षण मिला हुआ है) पिछड़ों को इस जगत में शामिल करने के सख्त खिलाफ हैं, क्योंकि इसके अनुसार काशीराम के नेतृत्व में चल रहा दलित आन्दोलन तक दलितों का न होकर पिछड़ों का आन्दोलन है वह भी दलितों की कीमत पर। इस आन्दोलन की एकमात्र उपलब्धि केवल यही रही है कि जहाँ तक इस आन्दोलन के चलते इसमें दलितों की सहभागिता के कारण इनकी आशा एवं आकांक्षाओं में वृद्धि हुई है, वहीं दूसरी ओर इस आन्दोलन का मकसद पिछड़ों की बेहतरी है। अतः आन्दोलन के चलते पिछड़े वर्गों की महत्त्वाकांक्षाओं में भी आशातीत वृद्धि हुई है। पिछड़ों की महत्त्वाकांक्षा की टकराहट सामान्य जातियों के स्थान पर कमजोर एवं दलित जातियों से हुई है, जिसके परिणामस्वरूप दलित जातियों को ही सबसे अधिक नुकसान उठाना पड़ा है।

उपरोक्त टिप्पणी से स्पष्ट है कि कुछ पिछड़ों को दलित के रूप में मान्यता नहीं दी गयी है अपितु पिछड़ों के नाम पर जो विशिष्ट जाति इनका प्रतिनिधित्व करती आ रही है वह भी दलितों की नजर में, 'शक्तिशाली, सामन्त एवं जमींदार किस्म के पिछड़े वर्गों से सम्बन्धित जातियों ने ग्रामीण क्षेत्रों में दलितों को बेरहमी से रौंदा है।'

वास्तव में दलितों में एक वर्ग ऐसा है जो हिन्दी साहित्य पर ब्राह्मणवादी सोच के मठाधीशों की तरह दलित साहित्य में रातों-रात छा जाना चाहता है। एकाएक दलित साहित्य के नाम पर उसे एक ऐसा नुस्खा हाथ आ गया है जो देखते ही देखते उसे उस पंक्ति में खड़ा कर देता है, जिस पंक्ति में आने में उसे शायद बरसों लग जाते। दलित साहित्य में भी सवर्णों की तरह कुछ चतुर-सयाने उसी मठाधीशी कोशिश में लगे हुए हैं। वर्तमान दलित साहित्य के पीछे 'दलित स्वभाव' या 'दलितोद्धार' की भावना कम अपितु वह भावना ज्यादा काम कर रही है जिसका हवाला दे-देकर एक वर्ग विशेष राजनीति और सरकारी नौकरियों की तरह साहित्य में भी उन्हीं दरारों को खोजने की कोशिश में है जिनके जरिए वह तुरन्त शिखर पर पहुँच जाना चाहता है। वरना क्या कारण है कि जब कभी दलितों पर अत्याचार होते हैं, तभी 'हम दलितों' की एकजुटता का नारा लगाया

जाता है, और जब 'बन्दरबाँट' या 'हिस्सेदारी' का समय आता है तब बार-बार एक ही वर्ग क्यों अन्य को पीछे धकिया कर सबसे आगे जा खड़ा होता है?

सवाल यह नहीं कि दलित किसे माना जाये और किसे नहीं। सवाल यह है कि दलितों के नाम पर साहित्य में खेला जा रहा खेल जो पूरे हिन्दी साहित्य में खेला जा रहा है। हिन्दी साहित्य की तरह दलित साहित्यकारों में वर्चस्व की लड़ाई इस समय पूरे उफान पर है। इसीलिए छोटे-छोटे द्वीप बन गये हैं। यही समय है हिन्दी दलित साहित्य में अपनी उपस्थिति पुख्ता करने की वरना बाद में कौन पूछने वाला। हाँ, यही वह समय भी है जब यह स्पष्ट हो जाना चाहिए कि 'दलित' आखिर माना किसे जाये वरना कोई बड़ी बात नहीं दलितों में कुछ विशिष्ट जाति के बुद्धिजीवियों की तरह अति दलित वर्ग के बुद्धिजीवी अपना अलग ही तम्बू गाड़ लें और फिर से नयी-नयी स्थापनाएँ जन्म लेने लगें। दरअसल हमारे दलित बुद्धिजीवियों ने जितना अहित दलित साहित्य का किया है उतना गैर-दलितों ने नहीं, क्योंकि दलित साहित्य उत्तर भारत के हिन्दी प्रदेशों के लिए कोई नयी बात नहीं है। पूरा हिन्दी प्रदेश जानता है कि जितनी समृद्ध परम्परा मराठी दलित साहित्य की रही है, हिन्दी दलित साहित्य उसकी फोटोप्रति भर है। इसलिए दलित साहित्य पर छा जाने वाली प्रकृति को त्याग सबसे पहले यह तय करें कैसे दलित अस्मिता को दीर्घकाल तक बचाया जाये। वर्चस्व की उस लड़ाई में बेशक बहुत से दलित बहुत ऊँचाई पर पहुँच जायें लेकिन इस ऊँचाई का तभी फायदा है जब हम जातिगत भेदभाव की गहरी खाइयों में फँसे ओमप्रकाश वाल्मीकि या सूरजपाल चौहान जैसों को भी हाथ पकड़ कर अपने साथ लेकर चलें। बेशक शोर मचाने से करोड़ों रुपये के सरकारी बजट के 'बन्दरबाँट' में थोड़ा-बहुत हिस्सा दलितों को मिल जाये, मगर ऐसा न हो कि कहीं इस हिस्से में डूब कर हम एक-दूसरे का ही गला रेतना शुरू कर दें और हम भी उसी व्यवस्था का हिस्सा बन कर रह जायें जिसके खिलाफ हम एकजुट होने का आह्वान कर रहे हैं।

रेत : कभी रेगे-रवाँ से प्यास बुझ जाती है रहरौ की

गाजूकी। यह नाम मैंने पहली बार 1975 के दौरान, जब कभी मैं अलवर (राजस्थान) जाता, सुनता था। बाद में इसकी चर्चा प्रायः अलवर से ही उन दिनों शुरू हुए दैनिक समाचार-पत्र 'अरुणप्रभा', जो आज तक निरन्तर प्रकाशित हो रहा है, में छपी खबरों के माध्यम से सुनता रहा। गाजूकी की चर्चा कभी-कभार इस समाचारपत्र से सम्बद्ध उन दिनों के युवा तुर्क पत्रकार ईशमधु तलवार, बलवंत चौधरी (अब बलवन्त तक्षक तथा इन दिनों चंडीगढ़ में रहते हैं) और अन्य पत्रकार साथियों से 'अरुणप्रभा' के कार्यालय में सुनता था। गाजूकी के प्रति असली रोमांच और जिज्ञासा पुलिस द्वारा गाजूकी में यौनकर्म में संलिप्त कंजर समुदाय की युवतियों की तथाकथित गिरफ्तारी की खबरों को पढ़कर हुई। बाद में यह जिज्ञासा इस तथ्य को सुनकर और बढ़ने लगी कि केवल गाजूकी में ही नहीं अपितु आसपास के अन्य कई गाँवों-कलसाड़ा लावा का बास, चावला का बास, कलगाँव, अल्लाहपुर, पठैपुर व उल्हाड़ी में भी इस समुदाय की युवतियाँ यौनकर्म में संलिप्त हैं। दरअसल, मेरी जिज्ञासा इतनी यौनकर्म में संलिप्त युवतियों में नहीं थी, जितनी इस 'गाजूकी' शब्द के प्रति थी, क्योंकि बाद में पता चला कि गाजूकी नाम की अकेली कोई रिहायशी बस्ती का ही नाम नहीं है, अपितु इस नाम की यहाँ दो जगह और हैं—एक गाजूकी नदी और दूसरा गाजूकी पुल।

लेकिन यह रोमांच और जिज्ञासा उस दिन औंधे मुँह गिरी, जिस दिन पहली बार इस गाजूकी पुल से राजस्थान परिवहन निगम की बस दनदनाती हुई गुजर गयी, परन्तु दूर-दूर तक नदी जैसी कोई चीज दिखाई नहीं दी। मेरे मन में नदी का जो चित्र अंकित था, वैसा मुझे कुछ नजर नहीं आया। न कहीं पानी, न उफनती लहरें। वास्तव में गाजूकी एक बरसाती नदी है, जो चौमासे में अरावली की पहाड़ियों से उतरे पानी से भर जाती होगी। हालाँकि अब चौमासे न रहने से इसमें धूल उड़ाती छोटी-छोटी रेतीली घाटियाँ हैं, जिन्हें मन बहलाने के लिए छोटे-छोटे बीहड़ कह सकते हैं।

यह इसी गाजूकी शब्द के प्रति उपजा रोमांच और जिज्ञासा थी, जिसकी परिणति लगभग 24 वर्ष पूर्व अर्थात् 19 जुलाई, 1987 के 'साप्ताहिक हिन्दुस्तान' के अंक में प्रकाशित एक पृष्ठीय कहानी 'लिलहार' के रूप में हुई। यह कहानी तब 'अरुणप्रभा' और दूसरे स्थानीय समाचार-पत्रों में प्रकाशित समाचारों के आधार पर लिखी गयी थी, उस दौर में लिखी गयी अन्य कहानियों की तरह, जो कहानियाँ कम, एकदम अभावों से ग्रस्त और साहित्यिक दृष्टि से एकदम बंजर मेवात जैसे क्षेत्र से उखड़े उस बेरोजगार गँवई की अभिव्यक्ति अधिक थी, जिसके लिए कथा-लेखन के लिए तय किये गये कथा विधानों का कोई मतलब नहीं था। इसीलिए यह कहानी मेरी दूसरी तथाकथित कहानियों की तरह एक कहानी-संग्रह 'सूर्यास्त से पहले' में शोध सामग्री के रूप में दफन हो गयी।

मेवात की पृष्ठभूमि को केन्द्र में रखकर लिखे गये पहले उपन्यास 'काला पहाड़' (1999) और दूसरे उपन्यास 'बाबल तेरा देस में' (2004) की व्यापक तथा आत्मीय पाठकीय स्वीकृति ने भले ही एक कथाकार के रूप में मुझे पहचान दिला दी, परन्तु साथ ही एक मुश्किल-भरी चुनौती और डर भी मेरे भीतर पैदा कर दिया कि अब किस पृष्ठभूमि पर उपन्यास लिखोगे बच्चू। स्मृतियों और लोकानुभवों की पिटारी में जितना माल-मत्ता था, वह तो इन दोनों उपन्यासों में पहले ही खर्च हो गया था, पाठकों को अब क्या दिया जाये? मेरे सामने एक अहम सवाल था। इसी दौरान इन दोनों उपन्यासों और मेवात-प्रेम के चलते अलवर आना-जाना लगा रहा, तथा जब-जब राजस्थान परिवहन निगम की बस गाजूकी पुल के ऊपर से तेजी के साथ गुजरती, तब-तब अन्तर्मन में गाजूकी की अदृश्य लहरें उठतीं। इसी बीच मैंने अपने मित्र और मेवाती साहित्य-संस्कृति के ठेठ मर्मज्ञ कॉमरेड मुंशीखाँ, बल्कि कहिये यूनानी पद्धति के डाक्टर मुंशी खाँ और मज़दूर-किसानों के बीच खास दखल रखने वाले इस सामाजिक कार्यकर्ता से इच्छा जताई कि मेरी इच्छा गाजूकी के कंजर समुदाय पर कुछ उपन्यास-जैसा काम करने की है, परन्तु समस्या यह है कि उनसे सम्पर्क कैसे साधा जाये। डॉ. मुशी खाँ ने इस समुदाय के एक व्यक्ति ताराचन्द का नाम व टेलीफोन नम्बर बताया। उन्होंने बताया कि कभी-कभी ताराचन्द यौन सम्बन्धी रोगों से ग्रस्त यौनकर्मियों के लिए दवा-दारू लेने आता है। मैंने जब ताराचन्द से सम्पर्क किया तो पहले वह मुझे टरकाता रहा और अन्ततः एक वर्ष के बाद उसने किसी तरह का सहयोग देने से स्पष्ट मना कर दिया। हालाँकि ताराचन्द के मना करने के बावजूद थोड़ा निराश मैं अवश्य हुआ, पर हार नहीं मानी।

कुछ दिनों के बाद मैं डॉ. मुंशी खाँ के पास गया और फिर से वही गाजूकी पुराण छेड़ा, तो उन्होंने राहुल मिश्रा का नाम बताया। साथ में उन्होंने यह भी

बताया कि राहुल मिश्रा ने इस क्षेत्र में यौनकर्म से जुड़ी महिलाओं पर किसी एन.जी.ओ. के लिए काम किया है। मुंशी खाँ मुझे साथ लेकर राहुल मिश्रा के पास पहुँच गये। मुंशी खाँ ने मेरा परिचय जिस राहुल मिश्रा नामक व्यक्ति से कराया, उसे देखकर थोड़ी देर के लिए मैं निराश और रुआँसा हो गया कि रूखा-सा नजर आने वाला यह व्यक्ति भला इन स्त्रियों पर क्या काम कर सकता है, मगर थोड़ी देर बाद राहुल मिश्रा ने जब यह जानकारी दी कि मैंने और नीतू भाभी ने इस क्षेत्र की महिला यौन कर्मियों पर जर्मनी के एक अन्तरराष्ट्रीय एन.जी.ओ. तेरेदेस होम्स ;ज्मततमकमे भ्वउउमेद्ध के लिए काम किया है, तब मैं अपनी समझ पर मन-ही-मन काफी शर्मिंदा हुआ। राहुल मिश्रा ने उसी समय नीतू भाभी (श्रीमती नीतू शर्मा) से मोबाइल से सम्पर्क किया। नीतू शर्मा घंटे भर के भीतर हमारे सामने उपस्थित थीं, बाद में पता चला कि श्रीमती नीतू शर्मा मेरे पुराने जानकार तथा लेखक व पत्रकार सुरेश पंडित के भाई की पुत्रवधू हैं।

इस तरह लगभग दो घंटे की बातचीत के दौरान कंजर समुदाय के सामाजिक परिवेश के बारे में जो जानकारियाँ मिलीं, उसने उपन्यास लिखने का मेरा रास्ता साफ हो दिया। जैसा कि प्रायः मेरे साथ होता है, मैं अपने उपन्यास का शीर्षक पहले ही तय कर लेता हूँ। इसका भी शीर्षक 'रेत' मैंने पहले तय कर लिया। 'रेत' अर्थात् जिसकी कोई अस्मिता और अस्तित्व न हो। इस तरह मेरा प्रायः राहुल मिश्रा और डॉ. मुंशी खाँ के पास आने-जाने का सिलसिला तेज हो गया। कभी धक्के खाते हुए राजस्थान परिवहन निगम की बसों के द्वारा, तो कभी हरियाणा रोडवेज की बसों के द्वारा। कभी-कभी रेल से भी आना-जाना बना रहता।

इसी दौरान एक बार हम दोनों बखतल की चौकी स्थित डॉ. मुंशी खाँ के क्लिनिक पर दोपहर में इसी बारे में चर्चा कर ही रहे थे कि वहाँ तभी एक बुजुर्ग व्यक्ति आये। चौधरी रहमान खाँ नाम के उस बुजुर्ग से परिचय कराते हुए मुंशी खाँ ने बताया कि चौधरी रहमान खाँ चावला का बास में रहते हैं। बातों-बातों में चौधरी रहमान खाँ ने भी कुछ रोचक जानकारियाँ देते हुए सुझाव दिया कि शाम को मैं चावला का बास ही आ जाऊँ ताकि नजदीक से कंजर समुदाय को देखा भी जा सके और उनसे बातचीत भी हो सके। शाम को मैं चावला का बास गया और रात को वहीं ठहरा, अगले दिन मुंशी खाँ लेने के लिए आये तो उन्होंने ऐसे ही पूछ लिया कि कुछ दिन पहले चावला का बास में सुशीला के पास जो भूरा फरारी आया था, उसके क्या हाल हैं? इस पर चौधरी रहमान खाँ के एक लड़के ने बताया कि उसकी तो डेढ़ साल पहले मौत हो चुकी है और बास के बाहर उसकी मज़ार भी है।

मजार का नाम सुनते ही मुंशी खाँ थोड़े हैरान हुए और हँसते हुए बोले कि भूरा कोई पीर-पैगम्बर है, जो उसकी मजार बनी हुई है। वापसी में हम दोनों मज़ार की ओर से लौटने लगे तो पाया सचमुच एक जगह पर कब्र के बजाय एक नयी-नयी मज़ार बनी हुई है, जिसकी तुरबत पर हरी चादर पड़ी हुई है। चादर के आसपास अगरबत्तियों के अधजले डंठल और उनकी राख बिखरी पड़ी है। चावला का बास से पहले कंजर समुदाय की एक और छोटी बस्ती से लौटते हुए एक अद्भुत दृश्य देखने को मिला। दृश्य यह था कि एक कमरे के आगे बने चबूतरे पर जींस व टॉप पहने लगभग डेढ़ दर्जन किशोरियों और युवतियों की भीड़ लगी हुई थी, जिन्हें देखकर नहीं कहा जा सकता था कि ये इस समुदाय से सम्बन्ध रखती हैं। पूछने पर मुंशी खाँ ने बताया कि ये सारी लड़कियाँ मुम्बई और गोआ से आयी हुई हैं। ये सब वहाँ बारों में नृत्य करने वाली बार गर्ल्स हैं। और चूँकि वहाँ की सरकारों ने बार-गर्ल्स पर प्रतिबन्ध लगा दिया है, इसलिए ये सब यहाँ आयी हुई हैं।

चौधरी रहमान खाँ के यहाँ रुकने पर इस समुदाय को नजदीक से देखने का मौका जरूर मिला, परन्तु इस समुदाय की स्त्रियों की पारिवारिक, सामाजिक और सामुदायिक भूमिका के बारे में जैसी जानकारी या तथ्य प्राप्त करना चाह रहा था, वह नहीं मिल पा रही थी। यह एक बड़ी चुनौती और मुश्किल भरा काम था। एक हद तक जोखिम भरा भी, अन्ततः राहुल मिश्रा की पहल पर इस मुश्किल से श्रीमती नीतू शर्मा ने उबारने का जिम्मा लिया, मगर इस शर्त पर कि वे मुझे इस समुदाय के बीच ले तो जाएँगी, पर मैं कोई प्रतिक्रिया व्यक्त नहीं करूँगा। नीतू शर्मा एक एन.जी.ओ. से जुड़ी हुई थीं तथा उसके काम के लिए उनका प्रायः इस समुदाय के बीच आना-जाना लगा रहता था। श्रीमती नीतू शर्मा ने यह शर्त इसलिए लगायी थी कि उस समुदाय की स्त्रियों को यह न पता चले कि मेरा इनके बीच आने का मकसद क्या है? अगर उन्हें पता चल गया तो नीतू शर्मा के लिए परेशानी खड़ी हो जायेगी। इस तरह नीतू शर्मा मुझे इस समुदाय के एक गाँव कलसाड़ा लेकर गयीं। उसी कलसाड़ा में, जिसके एक भवन को मैंने कमला सदन का नाम दिया है, यहीं मैंने सन्तो भाभी के रूप में एक विवाहता को देखा, तो साथ में उन बुआओं के उस जीवन को भी, जिसे देखकर उस समुदाय की ज्यादातर बच्चियाँ बड़ी होकर 'बुआ' बनना अधिक पसन्द करती हैं।

'रेत' में एक पात्र है—घनश्याम 'कृष्ण' उर्फ वैद्यजी। इस पात्र में ज्यादातर मित्रों और पाठकों को लेखक का अक्स दिखाई देता है, बल्कि कहा गया है कि वैद्यजी और कोई नहीं स्वयं लेखक है। इसका उत्तर यदि मैं दूँ तो कह सकता

हूँ कि मैं वैद्यजी हूँ भी और नहीं भी। दरअसल, उन महत्त्वपूर्ण जानकारियों में मित्र राहुल मिश्रा ने जो जानकारियाँ दी थीं, उनमें यह एक वैद्यजी प्रसंग भी है। वास्तव में वैद्यजी एक ब्राह्मण थे, जिन्हें पंडितजी कहा जाता था। पंडितजी की इस समुदाय की एक उम्रदराज बुआ के प्रति आसक्ति थी। बुआ भी इस बात से परिचित थी। राहुल मिश्रा ने पंडितजी की जो छवि निर्मित की, उसने मुझे उनसे मिलने के लिए बेचैन कर दिया। एक दिन श्रीमती नीतू शर्मा मुझे अलवर से लगभग चालीस किलोमीटर दूर पंडितजी के घर थानागाजी ले गयीं। लगभग पूरे दिन रहे हम पंडितजी के घर। खाना भी यहीं खाया।

पंडितजी को एक पात्र के रूप में ढालना सचमुच एक दुष्कर कार्य था कि एक पचपन-छप्पन वर्षीय व्यक्ति, विशेषकर एक ब्राह्मण को कैसे व किस पात्र के रूप में प्रस्तुत करूँ। अगर इसे इसकी वास्तविक उम्र के हिसाब से पात्र बनाता, तो उसकी भूमिका वह नहीं रहती, जैसी बाद में बनी। बहुत माथापच्ची के बाद अन्ततः पंडितजी एक पैन्तीस-चालीस वर्षीय पात्र के रूप में विकसित हुए, जो उपन्यास में सूत्रधार की भूमिका भी निभाता है। सच तो यह है कि वैद्यजी के रूप एक ऐसा पात्र रचना चाहता था, जिसके बारे में यह कहूँ तो अतिशयोक्ति नहीं होगी कि—

कभी रेगे-रवां से प्यास बुझ जाती है रहरौ की।
कभी दरिया के हाथों तश्नगी तकसीस होती है ॥

मेरी नज़र में एक पात्र के रूप में वैद्यजी ऐसे ही पात्र हैं।

दरअसल, कुछ पात्र लेखक की पकड़ से दूर रहते हैं, इसलिए कई बार ऐसा होता है कि लेखक जिस पात्र को जैसा ढालना चाहता है, वह लेखक की मर्जी से नहीं, बल्कि अपनी मर्जी और रचना की माँग के अनुरूप ढलता चला जाता है। वैद्यजी भी मेरी इच्छानुसार नहीं, बल्कि अपनी मर्जी से अपनी भूमिका निभाता है। हालाँकि रुक्मिणी के प्रति वैद्यजी की आसक्ति वैसी ही है, जैसी पंडितजी की एक उम्रदराज़ खिलावड़ी के प्रति अपने वास्तविक जीवन में थी अर्थात् उपन्यास में रुक्मिणी-वैद्यजी का प्रेम कभी दैहिक प्रेम नहीं रहा। इसलिए ज्यादातर पाठकों की यह राय एक हद तक वाजिब ही है कि 'रेत' एक ऐसे समुदाय को केन्द्र में रखकर लिखा उपन्यास है, जिस समुदाय की स्त्रियाँ यौनकर्म में संलिप्त हैं, परन्तु बावजूद इसके इसमें एक भी यौन-दृश्य नहीं है।

'वन हंड्रेड इयर्स ऑफ सॉलिट्यूड' जैसे नोबेल पुरस्कार प्राप्त मशहूर उपन्यास के लेखक गार्सिया गैबियल मार्ख्वेज़ ने अपने 'पुस्तक के लेखक का दुर्भाय' शीर्षक से लिखे एक लेख में एक जगह लिखा है, 'पुस्तक लिखना अपने आपमें एक आत्मघाती कर्म है। ऐसा और कोई कर्म नहीं है, जो इतनी ज्यादा एकाग्रता की

माँग करता हो, जबकि इसके बदले लेखक को तात्कालिक तौर पर कोई लाभ नहीं होता, मगर प्रश्न उठता है कि जब लेखन के साथ इस कदर दुर्भाग्य जुड़ा है, तब लेखक आखिर लिखता क्यों है? इसका उत्तर यह है कि एक आदमी उसी तरह से लेखक होता है, जिस तरह से कोई आदमी अश्वेत या यहूदी होता है। सफलता से प्रोत्साहन मिलता है, पाठकों के प्यार से सन्तोष मिलता है, जो एक तरह का अतिरिक्त लाभ है, क्योंकि एक अच्छा लेखक तो वैसे भी लिखता रहेगा, चाहे उसके जूते मरम्मत की माँग कर रहे हों तथा उसकी किताबें बिक नहीं रही हों।' मार्ख्वेज ने सही कहा है कि सृजन अपने आप में एक आत्मघाती कर्म है। इसका आभास 30 दिसम्बर, 2008 की सायं राष्ट्रीय नाट्य विद्यालय द्वारा आयोजित 'श्रुति' कार्यक्रम के अन्तर्गत मेरे रचना-पाठ के बाद हुआ, जब एक मित्र ने बताया कि पिछले माह कन्नौज (उत्तर प्रदेश) के छिबरामऊ नगर के गिहार समुदाय ने 'रेत' को अपने समाज की स्त्रियों का अपमान बताते हुए, इसको सार्वजनिक रूप से फाँसी देते हुए जलाया है। बाद में छिबरामऊ की स्थानीय अदालत में लेखक के विरुद्ध आई.पी.सी. की धारा 500 के तहत मानहानि का मुकदमा भी दर्ज़ करा दिया गया है। विदित हो कि इस धारा के अन्तर्गत दर्ज़ मुकदमा गैर-जमानती होता है। यह मुकदमा आज भी चल रहा है और मेरी ओर से मेरे वकील मुकदमे की पैरवी कर रहे हैं। हालाँकि मैंने भविष्य में भी अप्रिय घटना की आशंका से बचने की गरज से 27 फरवरी, 2009 को अपने क्षेत्र के स्थानीय पुलिस स्टेशन को इसकी सूचना दी हुई है।

जैसा कि अपने पूर्व के दोनों उपन्यासों 'काला पहाड', 'बाबल तेरा देस में' के शीर्षकों की तरह 'रेत' शीर्षक भी मैंने पहले से तय कर लिया था और अपने चौथे उपन्यास का शीर्षक अर्थात् 'नरक मसीहा' भी। मेरा अपना मानना है कि शीर्षक के आधार पर उपन्यास की रचना का मार्ग एक हद तक प्रशस्त हो जाता है, क्योंकि शीर्षक में ही रचना का कथ्य छिपा होता है। वस्तुतः शीर्षक को मैं किसी भी रचना के मुकुट के रूप में देखता हूँ। 'रेत' शीर्षक के चयन की भी अपनी एक कहानी है। दरअसल, कुछ वर्ष पहले विवाह सम्बन्धी एक लेख के सिलसिले में मराठी के चिन्तक और इतिहासाचार्य विश्वनाथ काशीनाथ रजवाड़े की 'भारतीय विवाह संस्था का इतिहास' नामक पुस्तक पढ़ते हुए, एक जगह अश्वमेध यज्ञ के बारे में बार-बार रेत शब्द का उल्लेख होता देख, इस शब्द के समानान्तर शब्द और अर्थ जानने की जिज्ञासा हुई। मैंने जब हिन्दी व संस्कृत के शब्दकोशों में इसकी उत्पत्ति व अर्थ ढूँढ़ा, तो पाया रेत मूलतः संस्कृत का शब्द है—रेतः अथवा रेतस् है, जिसका अर्थ है बीज, शुक्राणु या कहिये वीर्य। हालाँकि

'रेत' शीर्षक अनेक अर्थ-छवियों को निरूपित करता है, जिनमें से एक है कंजर यानी काननचर अर्थात् जंगल-जंगल घूमने वाला ऐसा समुदाय, जिसका कोई अस्तित्व नहीं है—ठीक रेत की तरह। मगर रेत के दूसरे अर्थों ने भी उपन्यास की अर्थवत्ता को और व्यापक बना दिया—इतना व्यापक कि हाल में इसके उर्दू अनुवाद के माध्यम से उर्दू जगत में इस उपन्यास की अच्छी-खासी चर्चा हो रही है। वैसे मेरे जानते 'रेत' उपन्यास का यह नेपथ्य ही नहीं, इस उपन्यास की संकल्पना का सच भी यही है।

आओ, थोड़ा-सा वफादार भी हो लें!

हमारे बुद्धिजीवियों अर्थात् साहित्यकार, कलाकार एवं संस्कृतिकर्मियों में अनायास राजनीतिक चेतना का विस्फोट इधर कुछ दिनों से जिस तेजी से हुआ है, वह चौंकाने वाला तो है ही बल्कि एक सुखद अहसास दिलाने वाला भी है। यह चेतना चौदहवीं लोकसभा के चुनावों में, वह भी दो चरणों के सम्पन्न हुए मतदान के बाद ज्यादा देखने को मिली। एक तरफ जहाँ कुछ संस्कृतिकर्मियों, कलाकारों, लेखकों द्वारा अपना एक चुनावपूर्व घोषणापत्र जारी किया गया, तो दूसरी तरफ कुछ अन्य साहित्यकारों और कलाकारों द्वारा गठबन्धन सरकार के पक्ष में अपील जारी की गयी—वह भी एक विज्ञापन के रूप में। सिर्फ इतना ही नहीं इस विज्ञापन के ठीक एक दिन बाद देश की राजधानी के लगभग कुछ स्थायी नामचीन साहित्यकारों, रंगकर्मियों, शिक्षाविदों एवं विचारकों ने एक बैठक कर साम्प्रदायिक ताकतों को शिकस्त देने की गरज से, एक पार्टी की नीतियों के विरोध में तथा दूसरी पार्टी के प्रति अपना समर्थन व्यक्ति किया।

चुनाव की चिल्ल-पौं, मारामारी और इस आपाधापी के बीच एकाएक हमारे इन बुद्धिजीवियों में अपनी इस भूमिका को लेकर एकसाथ कई तरह के संशय, आशंकाएँ और सन्देह पैदा होना स्वाभाविक है। सबसे बड़ा संशय तो यह है कि भारतीय समाज का यह समृद्ध-सम्पन्न यानी अभिजात्य और मध्यवर्ग के इन बुद्धिजीवियों की आम समाज में कोई हैसियत है भी या नहीं? दूसरा यह कि जिन मतदाताओं से ये अपने-अपने तर्क के अनुसार मतदान की अपील कर रहे हैं, ये कितनी बार अपने अध्ययन-कक्ष से बाहर आकर मतदान करने गये हैं? इन्हीं संशयों और आशंकाओं के बीच एक बड़ा सवाल यह भी उठता है कि आखिर हमारे इन बुद्धिजीवियों को उन्हीं राजनेताओं के आँगन में जाकर, चाय की चुस्कियों के बीच, उनके समर्थन या कहिये पक्ष में अपील करने की क्या विवशता आ पड़ी, जिन राजनेताओं के आचरण और व्यवहार के साथ-साथ इनके कार्यकलापों की निंदा करते हुए नहीं थकते हैं। वास्तव में

क्या यह परिवर्तन बुद्धिजीवियों की किसी राजनीतिक चेतना का द्योतक है, या फिर समाज में अपनी किसी सार्थक भूमिका की खोज? या फिर इस 'चँवर हिलावन' के पीछे कोई और ही मंशा है?

यहाँ एक तथ्य का उल्लेख करना जरूरी है कि इस तरह की अपील जारी करना कोई बड़ी बात नहीं है। समय-समय पर अनेक मुद्दों को लेकर ऐसी अपीलें प्रायः जारी होती रही हैं। बड़ी बात यह है कि ऐसी अपीलें जारी करने वाले हमेशा कुछ ही बुद्धिजीवी क्यों होते हैं? ऐसे अवसरों पर अपील जारी करने वाले यह मानकर चलते हैं कि उनकी इन बातों का समाज पर व्यापक असर पड़ता है। जबकि यह कोरा भ्रम है। एक तरह से ऐसे समर्थन और जामा-मस्जिद के शाही इमाम द्वारा जारी किये फतवों में कोई अन्तर नहीं है। दूसरे शब्दों में एक धार्मिक फतवा है तो दूसरा सांस्कृतिक फतवा जो कि एक अलोकतांत्रिक तरीका है।

विभिन्न विचारों की पार्टियों के पक्ष में मतदाताओं से खुलकर अपील करने तथा इनका समर्थन करने वाले इन बुद्धिजीवियों में ठीक-ठीक वैसी ही बहुत-सी समानताएँ हैं, जैसी समानताएँ हमें इन राजनैतिक पार्टियों के नेताओं में देखने को मिलती हैं; सबसे बड़ी समानता है इनका वर्ग-चरित्र। अगर ध्यान से देखें तो ज्यादातर बुद्धिजीवी साधन-सम्पन्न संसार के उस वर्ग से हैं जिनका आम आदमी से कोई सम्बन्ध नहीं है। ज्यादातर ये बुद्धिजीवी उम्र के उस पड़ाव पर हैं जहाँ पहुँचकर मनुष्य की महत्त्वाकांक्षाओं में एकाएक इजाफा होने लगता है। विशेषकर सत्ता में रहकर सत्ता-सुख भोगने की चाह इन्हें खुलेआम समर्थन करने को प्रेरित करती है। यह ऐसी उम्र है जहाँ मनुष्य के पास खोने के लिए कुछ भी नहीं है। जितना 'अर्जित' किया है उसमें से वह कुछ भी खाने से रहा। दूसरा, अपने-अपने क्षेत्रों के ये नियन्ता कहे जा सकते हैं। सच तो यह है कि जिन पार्टियों के समर्थन में ये खुलकर जिस तरह से आये हैं, उसके पीछे साम्प्रदायिक या गैर-साम्प्रदायिक पार्टियों या समान विचारधारा वालों का समर्थन करने की मंशा नहीं है, अपितु समय आने पर उसकी कीमत वसूलना है। अगर इसके पीछे यह मंशा नहीं है तब क्यों नहीं पूरे देश के बुद्धिजीवियों की राय ली जाती है? क्यों हर बार कुछ ही लोग ऐसी अपीलें जारी करते हैं?

इन सारी प्रवृत्तियों के मद्देनजर एक अहम सवाल यह भी पैदा होता है कि क्या एक बुद्धिजीवी, विशेषकर लेखक के लिए पार्टी कार्यकर्ता होना जरूरी है? चलिये यह मान लिया कि एक लेखक को पार्टी कार्यकर्ता भी होना चाहिए लेकिन इस स्थिति में बेचारे उस लेखक का क्या हश्र होगा, जो लेखक बाद में

कहीं सरकारी कर्मचारी पहले है। याद करिये मध्य प्रदेश के उन कर्मचारियों को जिन्हें अपने लेखक होने की कीमत अपनी नौकरी से निलम्बित होकर चुकानी पड़ी। यह जरूरी नहीं कि लेखक अपनी भूमिका किसी राजनीतिक पार्टी के प्रत्यक्ष या परोक्ष समर्थन कर ही निभाये। लेखक तो चुपचाप, बिना किसी शोर-शराबे के अपनी जिस भूमिका और कर्त्तव्य का वहन कर रहा होता है, वह कहीं ज्यादा महत्त्वपूर्ण है। साम्प्रदायिकता, आतंकवाद, सामाजिक असमानता, नये आर्थिक सुधार की आड़ में ध्वस्त होती भारतीय अर्थव्यवस्था, बहुराष्ट्रीय कम्पनियों द्वारा मचाई जा रही लूट तथा समाज को तोड़ने वाली शक्तियों जैसे मुद्दों पर सबसे ज्यादा आम जनता का ध्यान बुद्धिजीवी वर्ग ने ही तो आकर्षित किया है। ऐसा कौन-सा लेखक या कलाकार होगा जो इन मुद्दों पर जानबूझ कर आँखें बन्द कर लेगा। अगर ऐसा नहीं है तो देश या एकाध राज्य की राजधानियों में वातानुकूलित कमरों में बैठ इस अभिजात्य और मध्यवर्गीय बुद्धिजीवी का इन राजनैतिक पार्टियों के पक्ष या विपक्ष में आने की क्या जरूरत आ पड़ी? क्या यह महत्त्वाकांक्षाओं की पूर्ति का वह माध्यम नहीं है जिसके सहारे उसे वह सब प्राप्त करना है, जिसे एक हिस्ट्रीशीटर, गँवार-जाहिल, धन-पशु किस्म का अपराधी तक प्राप्त कर रहा है? सच तो यह है कि यह सारी कवायद राज्यसभा में प्रवेश करने से लेकर पद्मभूषण, पद्मश्री तथा साहित्य अकादमी की दहलीज पर दस्तक देने की है। आखिर हो भी क्यों नहीं, साहित्यकार और कलाकार भी तो मनुष्य है कोई देवता तो नहीं है।

मैं यहाँ बुद्धिजीवियों द्वारा किसी पार्टी विशेष को समर्थन देने या न देने पर सवाल खड़ा नहीं कर रहा हूँ बल्कि मेरा संशय भविष्य में पैदा होने वाली उन प्रवृत्तियों को लेकर है जो अपेक्षाकृत बेहद भयानक होंगी। कल्पना कीजिए कि जिन बुद्धिजीवियों ने जिस भी राजनीतिक पार्टी का खुलेआम विरोध या समर्थन किया और इस विरोध या समर्थन के एवज में उन्हें विभिन्न तरीकों से उपकृत या पुरस्कृत किया, तो ऐसे में उन बुद्धिजीवियों का क्या होगा जो जिन्दगी भर शब्दों की ईमानदारी से खेलते रहे? क्या नैतिकता, ईमानदारी जैसे शब्द अब सिर्फ उन्हीं के लिए रह गये हैं जो सत्ता के केन्द्र से दूर हैं? वैचारिक प्रतिबद्धता लगता है महज एक आवरण है जिसे कभी भी आसानी से उतारकर सुविधा की खूँटी पर टाँगा जा सकता है।

सच तो यह है कि वैचारिक प्रतिबद्धता से इतर मौजूदा समय आगे बढ़कर वफादारी जताने का है। जो जितना वफादारी दर्शाएगा उसके उपकृत होने की उतनी ही सम्भावनाएँ होंगी। जो जितना वफादार होगा सत्ता से उसकी उतनी ही

घनिष्टता बनेगी और जो जितना घनिष्ट होगा उसके हिस्से में उतनी ही मलाई होगी। याद रखिए सत्ता के जरिये मिलने वाली इस मलाई से जो जितना दूर रहेगा वह उतना ही कुंठित होगा, और जो जितना कुंठित होगा वह वैचारिक खूँटे को उखाड़ कर किसी-न-किसी का समर्थन करेगा ही। फिर चाहे व कोई तथाकथित साम्प्रदायिक पार्टी ही क्यों न हो। आखिर कोई भी लेखक या संस्कृति-कर्मी उपेक्षा के ताप को कब तक बर्दाश्त करेगा।

दिल्ली में प्रायः एक दृश्य देखने को मिलता है कि जो बुद्धिजीवी रात-दिन समानता, दलितों-पिछड़ों के लिए दुबले हुए जा रहे हैं उनकी हर दूसरे महीने कोई न कोई अपील समाचार-पत्रों में प्रकाशित हुई दिखाई दे जाएगी। इनका नेटवर्क इतना जबरदस्त है कि कब बुद्धिजीवियों को एकत्रित किया जाता है, कब उनसे हस्ताक्षर कराये जाते हैं और कब वह अखबारों की सुर्खियाँ बन जाती हैं, आपको पता ही नहीं चलेगा—बावजूद इसके आप लाख अपने आपको इन्हीं की विचारधारा का बतायें। यह इसी अपेक्षा का परिणाम है कि जहाँ सभी बुद्धिजीवियों को एक मंच पर आकर विघटनकारी तत्त्वों के खिलाफ आवाज उठाकर मुहिम चलानी चाहिए थी, उसके बरअक्स एक-दूसरे समानान्तर सत्ता के निकट पहुँचने की होड़ शुरू हो चुकी है। समाचार-पत्रों में दिये जाने वाले रंगीन विज्ञापन और समाचारों के माध्यम से आने वाली ये सूचनाएँ इसी होड़ की परिणति है। इन विज्ञापनों और खबरों में दिखाई दे जायेंगे। अवसरानुकूल अपनी भूमिका बदलने में पारंगत ऐसे बुद्धिजीवी, जिनकी न कोई प्रतिबद्धता होती है, न कोई निष्ठा, सबसे सुखी प्राणी होते हैं। दलित और महिला बुद्धिजीवियों का प्रतिनिधित्व करने के नाम पर इनमें से ज्यादातर ऐसे बुद्धिजीवी हैं जिन्होंने दलित या सत्री होने की वास्तविक पीड़ा कभी भोगी ही नहीं। दिलचस्प तो यह है कि ऐसे ही अघाए हुए समाज के खाते-पीते साहित्यकार और कलाकार आम मतदाता को सलाह देते हैं कि अपना वोट डालने से पहले वह थोड़ा सोचे। हो सकता है सोचने के बाद उसका फैसला राष्ट्रहित में हो। अर्थात् जिस वर्ग के लोगों का आम समाज से कोई वास्ता नहीं है, वह उसे राष्ट्रहित को लेकर सचेत कर रहा है।

मेरा सवाल एक बार फिर वही है कि अपने आपको समाज का बुद्धिजीवी कहने वाले इस मामूली-सी इकाई की अपने समाज में हैसियत क्या है? आखिर ऐन चुनावों के वक्त ही उसे अपने भीतर वफादारी की ऐंठन क्यों विवश कर रही है कि वह विज्ञापन या चित्र सहित समाचार के माध्यम से किसी-न-किसी राजनीतिक पार्टी का समर्थन करे? वह अपने इस समर्थन को मौन रहकर भी तो प्रकट कर सकता था उसके पक्ष में अपना मत देकर। लेकिन नहीं, अगर

वह ऐसा करेगा तो कौन उसकी वफादारी पर यकीन करेगा? वफादारी का अर्थ ही खुलकर प्रकट होने में है। अगर आप ऐसे मुश्किल समय में खुलकर किसी के साथ नहीं होंगे, तो कैसे यह माना जाये कि आप किसके साथ हैं। इसीलिए मेरे साहित्यकार-लेखक बन्धुओ! तय कर लो तुम अभी से कि तुम किसके साथ हो। उतारकर रख दो अपनी प्रतिबद्धता की पुरानी चादर को और वरण कर लो सुविधा के उस नये कोट को, जिसकी हरेक जेब में उपकृत या पुरस्कृत करने का रखा हुआ है सामान।

समाज सेवा बनाम 'स्वयं सेवा'

एक समय था जब सम्पन्न परिवारों की महिलाएँ समाज में अपना कद और रुतबा बढ़ाने के लिए, अपने पैसे से पुस्तकें प्रकाशित करवा कर अपने ड्राइंग रूम में करीने से रखती थीं। लेकिन रुतबा बढ़ाने का यह तरीका ज्यादा दिनों तक नहीं चल पाया। कारण इसका बहुत स्पष्ट था कि पैसे के बल पर किसी और से पुस्तकें लिखवाकर ड्राइंग रूम में रखना महँगा तो था ही, बल्कि इसका भी भय था कि कहीं यह रहस्य सार्वजनिक न हो जाये। शायद इसी भय और लोकलाज की आशंका ने इस वर्ग की महिलाओं को रुतबा बढ़ाने के इस मार्ग पर आगे बढ़ने से रोक दिया। पुस्तकों के माध्यम से समाज में हैसियत बढ़ाने के इस नुस्खे का सबसे बड़ा नुकसान यह है कि आपकी हैसियत अपनी रुचि के वर्ग में तो बढ़ सकती है, किन्तु यह जरूरी नहीं कि समाज में भी बढ़े। वैसे भी हमारा समाज बौद्धिक किस्म के उपक्रमों से बचने का प्रयास करता है।

लेकिन पिछले एक-डेढ़ दशक से सम्भ्रान्त किस्म की समृद्ध और सम्पन्न परिवारों की इन महिलाओं को एक ऐसा नुस्खा हाथ लगा है, जिसके एक नहीं कई फायदे हैं, और यह नुस्खा है—समाज सेवा। हमारे देश में समाज सेवा के नाम पर जो दो-तीन क्षेत्र 'सुरक्षित' हैं उनमें अनाथ, गरीब और महिलाओं सम्बन्धी ये ऐसे क्षेत्र हैं जिनके चलते समाज में अपनी प्रतिष्ठा बढ़ाने की अकूत सम्भावनाएँ हैं। इनमें गरीब और गरीबी का क्षेत्र सबसे अधिक सुरक्षित और उर्वरक है। आपने प्रायः अंग्रेजी के कुछ दैनिकों के महानगरीय संस्करणों के पृष्ठों पर एक पूर्व मिस इंडिया (जो अधेड़ हो चुकी हैं) की खिलखिलाते हुए देश की राजधानी के इंडिया गेट की वह तस्वीर देखी होगी, जिसे वे ऐसे ही गरीब बच्चों के साथ खिंचवाती थीं। अभी हाल में सम्पन्न हुए चौदहवीं लोकसभा के चुनावों में इसी पूर्व मिस इंडिया और जानी-मानी 'सामाजिक कार्यकता' को एक राष्ट्रीय पार्टी का कोलकाता से एक लोकसभा चुनाव क्षेत्र से टिकट मिला था (यह अलग बात है कि ये चुनाव हार चुकी हैं)। इसी दौरान उनका एक चित्र चुनावों से ठीक पहले

समाचार-पत्रों में देखने को मिला। यह चित्र इस बार गरीब बच्चों के साथ नहीं था बल्कि सड़क पर आराम कर रहे एक कुत्ते को सहलाते हुए था। इसी तरह जब चुनावों से पूर्व पूरा देश भारत-पाक रिश्तों में (मीडिया के द्वारा) मिठास घोलने का अभियान चला रहा था, उसी दौरान एक मशहूर चित्रकार की अभिनेत्री पुत्री के देश के कुछ गरीब बच्चों को नहला-धुलाकर उन्हें क्रिकेट खिलाने के लिए अपने पड़ोसी देश ले जाने की खबर तथा चित्र समाचार-पत्रों में प्रकाशित हो रहे थे।

मेरी यह मान्यता है कि ग्लोबलाइजेशन के इस युग में यदि सबसे मुफीद कोई 'धंधा' है, तो वह है समाज सेवा। लेकिन इस क्षेत्र में मोर्चा मारना हरेक के बूते की बात भी नहीं है। इसके लिए जिन योग्यताओं की जरूरत होती है वह सबके पास हों, जरूरी नहीं। इन योग्यताओं में प्रमुख हैं फर्राटेदार अंग्रेजी का ज्ञान, किसी राजनेता या मन्त्री का संरक्षण और कुछ प्रशासनिक अधिकारियों से बेहतर तालमेल। यदि ये योग्यताएँ आपके पास हैं तो इस क्षेत्र में आप वह सब प्राप्त कर सकते हैं, जिसे पाने में पावों की बिवाइयों से खून रिसने लगता है।

अपने अनुभव और अल्प ज्ञान के आधार पर मैंने यह पाया है कि इन समाज- सेवियों की तीन श्रेणियाँ होती हैं। पहली श्रेणी में वे समाज सेवी आते हैं जो किसी संस्था को रजिस्ट्रेशन फॉर सोसाइटी एक्ट 1860 के तहत पंजीकृत करा, पूरा समर्पित भाव और मनोयोग से देश के दूर-दराज क्षेत्रों में कार्य करते हैं। दूसरी श्रेणी में वे आते हैं जो किसी पंजीकृत संस्था के मोहताज नहीं होते हैं। उनका ग्लैमर और रुतबा ही इतना होता है कि अपने आप में ये स्वयं एक 'संस्था' होते हैं। ये आये दिन महानगरों और बड़े शहरों के प्रमुख सार्वजनिक स्थलों पर मजमा लगाये हुए दिखाई दे जाएँगे। इनका नेटवर्क अर्थात सन्जाल इतना मजबूत होता है कि ये कभी मीडिया के पास नहीं जाते, अपितु मीडिया इनके पास आता है। इन्हें 'सामाजिक कार्यकर्ता' कहा जाता है। आजकल ये सोशल एक्टिविस्ट के नाम से जाने जाते हैं। इस श्रेणी में अभिजात्य और सभ्य कहे जाने वाले तथाकथित एक्टिविस्टों की भरमार रहती है। मिस यूनीवर्स, मिस वर्ल्ड, मिस इंडिया, फिल्म अभिनेत्री तथा कॉरपोरेट जगत से जुड़ी हस्तियों के जुड़े होने के कारण इस श्रेणी के समाज सेवियों में बड़ी तेजी से वृद्धि होती जा रही है।

तीसरी श्रेणी में आते हैं वे समाज सेवी जिनका समाज सेवा से दूर-दूर तक का रिश्ता नहीं होता है। वास्तव में ये किसी न किसी राजनैतिक पार्टी के समर्पित कार्यकर्ता होते हैं। समय आने पर वह पार्टी इन्हें उपकृत और पुरस्कृत कर मन्त्रालयों द्वारा स्थापित महिलाओं, बच्चों तथा विकलांगों के कल्याण के लिए बने बोर्डों, विभागों, परिषदों का सर्वेसर्वा नियुक्त कर दिया जाता है। हालाँकि प्रारम्भ

में न तो इनका इन वर्गों के कल्याण से कुछ लेना होता है और न देना होता है, और न ही समाज सेवा का ककहरा पता होता है, मगर देखते ही देखते ये समाज के लिए किये गये कल्याण सम्बन्धी कार्यों के लिए पुरस्कृत/सम्मानित होने शुरू हो जाते हैं। चूँकि इनके पास आर्थिक संसाधनों की कोई कमी नहीं रहती है इसलिए वांछित और अवांछित किस्म के समाज सेवियों से ही ये घिरे रहते हैं।

इनके अलावा समाज सेवियों की एक श्रेणी और होती है। इस श्रेणी में वे समाज सेवी होते हैं जिनके स्रोत का मख्य जरिया विदेशी अनुदान होता है। इस वर्ग के समाज सेवी अन्य की अपेक्षा ज़्यादा चतुर और सयाने होते हैं। इनकी गतिविधियाँ इतनी गोपनीय तरीकों से संचालित होती हैं कि उनकी थाह लेना न केवल असम्भव होता है, अपितु नामुमकिन भी होता है। इनकी गतिविधियाँ मुख्यतः कागजों पर दौड़ती हैं। योजनाएँ वातानुकूलित कमरों में बनती है। यात्राएँ सड़क मार्गों के बजाय हवाई मार्गों से होती हैं। मजेदार तथ्य यह है कि जिन क्षेत्रों में इनकी परियोजनाएँ चलती हैं, उन क्षेत्रों में इनके कार्यालयों को खोजने में आपके पसीने छूट जाएँगे। इन समाज सेवियों द्वारा किये गये कार्य अथवा रिपोर्ट ज़्यादा प्रामाणिक मानी जाती है। इसलिए कि वे मुख्यतः उस भाषा में होती है, जो उन क्षेत्रों की नहीं होती है। अर्थात् सारा कामकाज अंग्रेज़ी में होता है। इनके द्वारा प्रस्तुत आँकड़े ही विश्लेषण और निष्कर्षों का आधार होते हैं, बेशक ये आंकड़े अंदाजों और अनुमानों द्वारा तैयार किये गये हों।

स्वतन्त्रता पूर्व और स्वतन्त्रता के बाद कुछ वर्षों तक समाज सेवा को मिशनरी भाव के रूप में लिया जाता था। लेकिन जैसे-जैसे इस क्षेत्र में राजनीतिक हस्तक्षेप बढ़ने लगा, वैसे-वैसे यह क्षेत्र भ्रष्टाचार के चंगुल में फँसता चला गया। आज स्थिति यह है कि समाज सेवा के नाम पर जरूरतमन्द, उपेक्षितों और वंचितों के हिस्से के धन का बड़ा हिस्सा इसी हस्तक्षेप की भेंट चढ़ जाता है। शायद ही कोई मन्त्रालय अथवा निगम, परिषद या बोर्ड होगा, जो अपने द्वारा जन-कल्याण और सामाजिक विकास के लिए चलाये जाने वाली परियोजनाओं में व्याप्त भ्रष्टाचार से त्रस्त न हो। राजनीतिक हस्तक्षेप के कारण ज़्यादातर ऐसी संस्थाएँ राजनीतिज्ञों और उनके सगे- सम्बन्धियों द्वारा समाज सेवा के नाम पर चलाई जाने वाली तथाकथित 'स्वयंसेवी संगठनों' के आर्थिक स्रोत का सबसे बड़ा माध्यम बन गयी हैं। इस राजनीतिक हस्तक्षेप का सबसे ज़्यादा शिकार हुए हैं वे सामाजिक संगठन जो दूर-दराज के आदिवासी क्षेत्रों तथा आर्थिक रूप से पिछड़े क्षेत्रों में कार्य करना चाहते हैं। सच तो यह है कि जन-कल्याण के लिए बनायी गयी ऐसी संस्थाएँ भ्रष्ट राजनीतिज्ञों और तथाकथित समाज के सभ्य कहे जाने वाले नागरिकों की

निजी महत्त्वाकांक्षा और निजी स्वार्थों की पूर्ति के गढ़ बन गये हैं। आये दिन ऐसे महत्त्वाकांक्षियों के किस्से सुनने को मिलते हैं।

मेरा यह मानना है कि जब से इस देश में सामाजिक विकास के नाम पर, विशेषकर महिलाओं को आर्थिक रूप से आत्म-निर्भर बनाने के नाम पर विदेशी अनुदान आने लगा है, तब से इन समाज सेवियों का वर्ग चरित्र भी बदला है। अब ये समाज सेवी धूल और धूप में झुलसते हुए सेवा करने नहीं जाते हैं, बल्कि अपनी सम्पन्नता और अपने अभिजात्य का प्रदर्शन करने अधिक जाते हैं। वह समय गया जब खादी के बने वस्त्रों को पहन बेहद सादगी के साथ अभावग्रस्त लोगों के दुख-दर्द बाँटे जाते थे। अब कीमती साड़ियाँ पहनकर तथा बहुराष्ट्रीय कम्पनियों के सौन्दर्य प्रसाधनों की गंध बिखेरते हुए जैसे इनका उपहास उड़ाया जा रहा है। सबसे हास्यास्पद तो यह है कि जहाँ स्त्रियों में शिक्षा का प्रचार-प्रसार होना चाहिए, उसके बजाय उन्हें आर्थिक रूप से समृद्ध बनाये जाने के प्रयास किये जा रहे हैं। सच तो यह है कि यह प्रयास एक बेमानी कवायद है जो केवल साधन-सम्पन्न वर्ग के महिलाओं के लिए ही की जा रही है, देश की गरीब और अशिक्षित जनता के लिए नहीं।

एक कड़वा सच यह भी है कि समाज सेवा के क्षेत्र में काम करने वाले असली समाजसेवी कहीं पीछे छूट जाते हैं और तथाकथित ऐसे ही समाज सेवी आये दिन पुरस्कृत और सम्मानित होते जा रहे हैं। वैसे यह स्थिति केवल समाज सेवा के क्षेत्र में ही नहीं प्रायः कला, साहित्य और संस्कृति के क्षेत्रों की भी है। आज समाज सेवा या मानव कल्याण बल्कि कहिए गरीबों, उपेक्षितों, दलितों तथा वंचितों के कल्याण के लिए बनायी गयी बहुधा सरकारी संस्थाओं का उपयोग राजनीतिक स्वार्थों की पूर्ति के लिए किया जा रहा है, वह बेहद शर्मनाक है। अगर आज पूरे देश में ऐसे 'स्वयंसेवी' या गैर-सरकारी संगठनों द्वारा देशी तथा विदेशी अनुदान के जरिये किये जा रहे कार्यों का ईमानदारी से सर्वेक्षण या पता किया जाये, तो ऐसे तथ्य सामने आयेंगे, जो समाज सेवा की पूरी अवधारणा को बेईमानी साबित करते हैं। मगर मजे की बात यह है कि यह 'व्यवसाय' पूरी गति से केवल इस देश में फैल रहा है अपितु इस क्षेत्र में भ्रष्टाचार उससे भी ज्यादा गति से बढ़ रहा है। इसीलिए जैसे राजनीति आज एक गाली की तरह हो गयी है, वैसे ही समाज सेवा दलाली का एक सोफेस्टिकेटेड रूप बनकर रह गया। वजह इसकी यही है कि अब हम समाज सेवा नहीं, पहले अपनी सेवा की सम्भावनाएँ जो तलाशते हैं इसमें।

सभ्य समाज का असभ्य चेहरा

जिस तरह पिछले अरसे से देश की राजधानी में देह व्यापार में लिप्त युवतियों के पकड़े जाने की एक के बाद एक घटनाएँ सामने आ रही हैं, उसने हमारी शहरी सभ्यता और संस्कृति को सन्देहास्पद बना दिया है। रोचक तथ्य तो यह है कि इस व्यापार में केवल भारतीय युवतियाँ ही संलिप्त नहीं हैं, अपितु विदेशी युवतियों की बड़ी संख्या भी शामिल है। इसमें बड़ी हैरत में डालने वाली बात यह है कि इस व्यापार में शामिल युवतियाँ निम्न वर्गीय परिवारों की नहीं अपितु तथाकथित आधुनिक विचारों की पोषक साधन सम्पन्न परिवारों की युवतियाँ हैं। एक अनुमान के अनुसार वर्ष 2004 के मध्य तक इस धन्धे में शामिल लगभग तीन सौ युवतियाँ पकड़ी जा चुकी हैं। ये युवतियाँ वातानुकूलित पाँच सितारा होटल, पॉश कालोनियों में चल रहे मसॉज पार्लर, फार्म हाउस और मैरिज ब्यूरो जैसी जगहों से पकड़ी गयी हैं। ये सारे तथ्य एक बात को तो सिद्ध करते ही हैं कि जिस समाज के बारे में आम आदमी की धारणा जितनी सापेक्ष है, वास्तव में उसका चेहरा उतना ही कुरूप है।

एक अर्थ में यह लगभग तय-सा हो चुका है कि देश के बड़े शहरों और महानगरों के अलावा, देश की राजधानी हाई प्रोफाइल कॉलगर्ल्स का धन्धा करने वाले जिस्म के सौदागरों के लिए, इससे सुरक्षित दूसरी जगह हो ही नहीं सकती। दिल्ली के चारों ओर फैले फार्म हाउस तो इस धन्धे के स्वर्ग कहे जाते हैं। कृषि के नाम पर राजनीतिज्ञों, बड़े औद्योगिक घरानों, व्यापारियों, अपने-अपने क्षेत्रों की हस्तियों और इनकी देखा-देखी नव धनाढ्य वर्ग द्वारा हथियाई गयी लाखों एकड़ जमीन पर बने इन फार्म हाउसों ने आधुनिक ऐशगाह का रूप धारण कर लिया है। इन फार्म हाउसों में अत्याधुनिक सुविधाएँ किसी स्वप्न-लोक से कम का एहसास नहीं कराती हैं।

इसके बाद पाँच सितारा होटलों का नम्बर आता है। लेकिन देह व्यापार के लिए सबसे अच्छा माध्यम आज मसॉज सेंटर, इंटरनेट चेटिंग और फोन इन फ्रेंड

बन गये हैं। ये सारी सुविधाएँ कस्बों और छोटे शहरों में नहीं होती हैं। अब तो इस व्यापार को बेहद संगठित तरीके से संचालित किया जाने लगा। हाल में पकड़ी गयी कुछ युवतियों से इस रहस्य का पता चला है कि इस व्यापार में लिप्त युवतियाँ ऐसी कॉलोनियों में किराये के मकानों में रहती हैं जिन्हें अभिजात्य वर्ग की कॉलोनी कहा जाता है। इन कॉलोनियों के निवासी इतने आत्म-केन्द्रित रहते हैं कि उन्हें ऊपर और नीचे रहने वालों से कोई मतलब नहीं रहता है। इसी के चलते ये कॉलोनियाँ इस व्यापार के लिए सुरक्षित मानी जाती हैं।

देह व्यापार में अभिजात्य और साधन सम्पन्न परिवारों की तथाकथित आधुनिक बालाओं की बढ़ती इस संख्या के पक्ष में मनोचिकित्सकों से लेकर समाजशास्त्रियों के अपने-अपने मत, तर्क और निष्कर्ष हैं। मनोचिकित्सक बड़े परिवारों की पढ़ी-लिखी इन युवतियों द्वारा देह व्यापार में शामिल होने के पीछे बचपन से बनी कुछ मनोग्रंथियों का होना मानते हैं। कुछ मनोचिकित्सकों का मानना है कि इन युवतियों में से आठ से दस प्रतिशत युवतियाँ अपने रिश्तेदारों द्वारा यौन उत्पीड़न का शिकार होती हैं, या फिर इन्होंने अपने आस-पास घरेलू हिंसा देखी है। बचपन का ये ट्रामा इनके अन्दर पुरुषों के खिलाफ आक्रोश, आक्रामकता और प्रतिहिंसा का भाव पैदा कर देती है। एक युवती का उदाहरण देते हुए बताया गया कि देह व्यापार में लिप्त हो उसे ऐसा आत्म-पीड़क सुख मिलता है मानो वह बचपन में अपने भाई द्वारा सताये जाने का बदला ले रही हो।

यह तर्क एक मनोचिकित्सक की दृष्टि से उचित हो सकता है लेकिन मात्र एक उदाहरण तेजी से बढ़ते देह व्यापार का कारण कदापि नहीं हो सकता। जहाँ तक स्वयं अपने रिश्तेदारों द्वारा यौन उत्पीड़न के शिकार होने का प्रश्न है, तो सबसे ज़्यादा ऐसे यौन उत्पीड़नों का शिकार आर्थिक रूप से निम्नवर्गीय परिवारों की किशोरियाँ होती हैं। जबकि इस धन्धे में जिस वर्ग की युवतियों की संख्या निरन्तर बढ़ती जा रही है, वह वर्ग ही दूसरा है। सच तो यह है कि अभावग्रस्त परिवारों के बजाय साधन सम्पन्न उन परिवारों की युवतियाँ इस व्यापार में बढ़ती जा रही हैं जो बचपन से आधुनिक विचारों में बढ़ी-पली तथा आर्थिक तंगी से जिनका कभी सामना नहीं हुआ। खुलेपन और स्वतन्त्रता के नाम पर विरासत में मिली आर्थिक निरंकुशता इसकी मुख्य वजह है। इस निरंकुशता को बढ़ाने में, हमारा मीडिया भी पूरी भूमिका निभा रहा है। आज किसी भी चैनल पर प्रसारित होने वाला ऐसा कोई धारावाहिक नहीं है जो गाहे-बगाहे युवतियों को आधुनिकता के बहाने इस गर्त में धकेलने को प्रेरित न कर रहा हो।

बड़ी तेजी से वे वर्जनाएँ भी ध्वस्त होने लगी हैं जिन्हें यौन शुचिता का

संरक्षक माना जाता रहा है। एकाएक बाजार में यौन वर्धक औषधियों और गर्भ निरोधकों के उल्लास की दुनिया के कई दरवाजे खोले हैं। सच तो यह है कि इस उल्लास ने आधुनिक परिवारों की जीवन शैली ही बदल डाली है। पैसे की असीमित इच्छा ने नैतिक-अनैतिक का फर्क ही मिटा दिया है। नारी मुक्ति के नाम पर आधुनिक परिवारों की अघायी तथाकथित एक्टीविस्टों द्वारा अपनी देह का, अपनी मर्जी से, इस्तेमाल करने के अधिकार की मुहिम ने भी इस धन्धे को पनपने में अपना पूरा योगदान दिया। इस मुहिम और उत्प्रेरणा का प्रभाव हिन्दी कथा-साहित्य की अनेक समकालीन अधकचरी कृतियों में खूब देखा जा सकता है जिनमें देह का इस्तेमाल किसी कमोडिटी की तरह दिखाया गया है।

वास्तव में यौन शुचिता के प्रति बढ़ती उदासीनता साधन सम्पन्न व अघाये परिवारों की युवतियों को देह व्यापार में जाने के लिए प्रेरित करती है। हाईप्रोफाइल सोसाइटी की जीवन शैली में देह की भूमिका महज आदान-प्रदान का माध्यम है। इसलिए देह व्यापार अब विवशता या जरूरत के कारण नहीं, सभ्य समाज में शिखर तक पहुँचने की सीढ़ियों के रूप में होने लगा है। उदाहरण के लिए पूर्व मिस बैंगलूर रीतू रेड्डी की गिरफ्तारी को लिया जा सकता है। एक तरफ इस देश में रोजगार के अवसर बढ़ने के बजाय तेजी से घटते जा रहे हैं, वहीं यह पूर्व मिस बैंगलूर दिल्ली के ग्राहकों की माँग पर बैंगलूर से हवाई जहाज द्वारा आती थी। उसके आने-जाने के लिए फ्लाइट का टिकट और पाँच सितारा होटल में रुकने का खर्चा ग्राहक उठाते थे। यह अकेला उदाहरण नहीं है। ऐसे अनेक उदाहरण हैं।

जहाँ तक देह व्यापार में विदेशी युवतियों के आने का मामला है, इसका सबसे दिलचस्प पहलू यह है कि भारत में देह व्यापार में लिप्त विदेशी युवतियाँ यूरोप और अमेरिकन देशों की नहीं अपितु एशियाई देशों की युवतियाँ सबसे अधिक पायी गयी हैं। सोवियत संघ के विघटन के बाद जो आर्थिक विपन्नता एशियाई देशों में बढ़ी है उसके कारण इन देशों की युवतियों का आगमन इस धन्धे में हुआ है। पुलिस द्वारा पकड़ी गयी विदेशी युवतियों में से एक ने यह स्वीकार किया कि दिल्ली में उनके जिस्म के खरीदार अच्छे हैं।

देश की राजधानी में इस देह व्यापार के फलने-फूलने का एक बड़ा कारण, इसके चारों ओर फैले राष्ट्रीय राजधानी क्षेत्र के विस्तार के चलते सोने के भाव बिकने वाली या अधिगृहीत की गयी जमीन भी है। रातों-रात करोड़पति बने नव धनाढ्यों की अतृप्त इच्छाओं ने भी इस धन्धे में वृद्धि की है। देह व्यापार का फैलता जाल आने वाले समय में निम्न और मध्यवर्ग के परिवारों के लिए सबसे

बड़ा चिन्ता का विषय होगा। आर्थिक विपन्नता और अभावों के चलते इन वर्गों की बालिकाओं को रंगीन सपने दिखा कर इस धन्धे में धकेलना ज़्यादा आसान है। मध्य प्रदेश के जबलपुर शहर में पकड़ी गयी युवतियाँ इसका जीता-जागता उदाहरण हैं। लेकिन महानगरों और छोटे शहरों में देह-व्यापार में लिप्त युवतियों के कारणों में जमीन-आसमान का अन्तर है। महानगरों और विदेशों की युवतियाँ जहाँ इस पेशे में अपनी मर्जी से शामिल होती हैं, छोटे शहरों की युवतियों को मॉडलिंग, धारावाहिकों या फिल्मों में अभिनय के बहाने उन्हें बहलाया-फुसलाया जाता है। छोटे शहरों से लेकर बड़े शहरों में कॉलेज, स्कूल यहाँ तक कि अन्य क्लबों द्वारा आयोजित फैशन शो का आकर्षण भी देह व्यापार को बढ़ावा दे रहा है। इन उत्तेजक दैहिक प्रदर्शनों के द्वारा महत्त्वाकांक्षी लेकिन कम साधन-सम्पन्न परिवारों की युवतियों को आसानी से देह व्यापार का रास्ता दिखाया जा सकता है। आर्थिक स्वतन्त्रता और आधुनिक विचारों की अवधारणा ने अन्य क्षेत्रों के साथ-साथ इस धन्धे को दूर-दराज के क्षेत्रों में भी पहुँचा दिया है।

आज बेशक यह नासूर देश की राजधानी और महानगरों में अपने पाँव पसार चुका है लेकिन जिस तेज से इसमें वृद्धि हो रही है, वह चिन्ता का विषय है। इसे रोकने के लिए जहाँ पुलिस को ज्यादा ईमानदारी से काम करना होगा, वहीं हमारी स्वयंसेवी संस्थाओं को भी सक्रिय होना पड़ेगा। नारी मुक्ति का अर्थ केवल आधुनिक विचारों और आर्थिक स्वतन्त्रता ही नहीं है बल्कि स्त्रियों, विशेषकर उन स्त्रियों को जो उन महानगरीय प्रपंचों से अनभिज्ञ हैं, जिनमें वे आसानी से फँस जाती है, बचाना आवश्यक है, वरना यह कलंक भारतीय समाज में स्त्रियों के अस्तिव के लिए बड़ा खतरा साबित हो सकता है।

ये 'लालू' निन्दक

मैं इसे अपना सौभाग्य ही कहूँगा कि मैं उन असंख्य सौभाग्यशालियों में से एक हूँ जो अपनी जमीन से पलायन कर इस देश की राजधानी और महानगर दिल्ली का लगभग एक स्थायी निवासी बन गया हूँ। सच कहूँ मैंने कभी उन बहुत सारे वर्तमान दिल्लीवालों की तरह कल्पना भी नहीं की थी कि एक दिन मैं रोजगार की तलाश में इस शहर में आऊँगा तथा एक लम्बे संघर्ष के बाद यहीं का होकर रह जाऊँगा। हालाँकि यह शहर उस गहरे कुएँ के समान है, जो अपने अन्दर कूदकर आत्महत्या करने वाले को पहले तो अपनाने से मना कर देता है। इसीलिए उसे यह दो उछाल देकर अवसर देता है ताकि आत्महत्या करने वाला अपने आपको बचा सके। इसी तरह यह महानगर अपने यहाँ आने वाले की परीक्षा लेता है। बार-बार उसे खदेड़ने का प्रयास करता है। तरह-तरह से उसे अपमानित करता है। स्थायित्व प्रदान करने से पहले उसे इधर-उधर भटकाता है। आर्थिक तंगी के चलते आत्महत्या तक करने को विवश कर देता है। जो शरणार्थी अर्थात् इस महानगर की शरण में आश्रय लेने की जिद कर लेता है, उसे यह आत्मसात कर लेता है, और जो इसकी परीक्षा के आगे घुटने टेक देता है वह न तो इस महानगर का रहता, न अपनी जमीन का ही रहता है।

आज यह महानगर यानी देश की राजधानी ऐसे ही शरणार्थियों की शरणस्थली बनी हुई है। एक समय अर्थात् स्वतन्त्रता पूर्व तक इस महानगर की अपनी एक पहचान थी। मूल दिल्ली उस समय तक 'चन्द्रावल' के नाम से मशहूर थी। अन्तिम मुगल सम्राट बादशाह ज़फ़र के समय बड़े-बड़े शायरों और अजूबों-मिर्जा गालिब, दाग दिल्ली जौक जैसी विभूतियों की पहचान थी यह दिल्ली। लेकिन जैसे ही अंगेजों की नजर उत्तर भारत के इस सांस्कृतिक शहर पर पड़ी, वैसे ही इसकी मिली-जुली (गंगा-जमुनी) तहजीब को ग्रहण लगना शुरू हो गया। विभाजन के बाद तो यह दिल्ली अपने मूल रूप को तेजी से खोती चली गयी। पहले विभाजन के दौरान पाकिस्तान से आये शरणार्थियों ने इसका

अतिक्रमण किया और सातवें-आठवें दशक से मेरे जैसे रोजी-रोटी की तलाश में आये शरणार्थियों ने शुरू कर दिया। पूर्वी उत्तर प्रदेश तथा बिहार से पलायन करने वालों के साथ-साथ दिल्ली के आसपास के दो सौ किलोमीटर की परिधि के गाँव-देहातों तथा छोटे शहरों के पलायनकर्ताओं से यह आज अटी हुई है। इसके चलते दिल्ली देहात की जमीनें सोने के भाव बिकने लगीं और यही देहाती आज किसान से व्यवसायी बन गये हैं।

इस तरह मोटे तौर पर हम आबादी के लिहाज से इसे शरणार्थियों का शहर भी कह सकते हैं और इन शरणार्थियों को दो वर्गों में विभाजित कर सकते हैं। पहला वर्ग वह है जो विभाजन यानी स्वतन्त्रता के बाद पाकिस्तान से यहाँ आया। यह वर्ग आज इस देश की राजधानी का ही नहीं बल्कि पूरे उत्तर भारत के सभी शहरों तथा बड़े कस्बों का सबसे सम्मानित वर्ग है। देश की राजनीति से लेकर व्यवसाय, आर्थिक क्षेत्र तथा केन्द्र सरकार के कार्यालयों में उच्च पदों पर यह आसीन है। राजधानी की न पॉश कही जानेवाली आवासीय कालोनियों तथा तेजी से विस्तारित हो रही कालोनियों पर इस वर्ग का वर्चस्व है। दूसरा वर्ग यह है जिसने साँस तो ली स्वतन्त्र भारत में लेकिन स्वतन्त्रता के बावजूद वह आज शरणार्थियों से भी बदतर जिन्दगी जीने को विवश है। दिन-रात जी-तोड़ मेहनत करता है फिर भी वह अपने ही देश में पराया-सा है। यह वर्ग आज पहले वर्ग के लिए सबसे हिकारत भरी चीज है। बस हो या रेल, सार्वजनिक क्षेत्र हो या निजी क्षेत्र सब जगह इस वर्ग को उपेक्षा और प्रताड़ना ही नसीब होती है। इस वर्ग में बहुत बड़ा वह वर्ग आता है जिसे हम पिछड़ा, अति पिछड़ा, दलित और अल्पसंख्यक वर्ग कहते हैं।

ऊपर मैंने दिल्ली की संक्षिप्त वर्गीय तस्वीर इसलिए प्रस्तुत की है जिससे हमें इस शहर के साथ-साथ उत्तर भारत के तेजी से बदले हुए वर्ग चरित्र का अन्दाजा हो सके। मैं घर से दफ्तर, दफ्तर से घर तथा घर के अपने अन्य कार्यों के लिए सार्वजनिक परिवहन सेवा का उपयोग करता हूँ। इसका एक बड़ा कारण मेरी आर्थिक स्थिति तो है ही साथ में अनियन्त्रित वह यातायात व्यवस्था भी है जिसके चलते व्यक्ति की सुरक्षा की कोई गारन्टी नहीं है। इस सार्वजनिक परिवहन सेवा के तहत चलने वाली बसों में होने वाली बहस-मुबाहिसा किसी भी समाज के बारे में की गयी ऐसी टिप्पणी होती है, जो उसकी मानसिकता को दर्शाती है।

मैंने इन बहस-मुबाहिसों के दौरान देखा है कि सफर करने वाले यात्री कभी-कभी इतने उत्तेजित हो जाते हैं कि कई बार हाथापाई तक की नौबत आ

जाती है। यदि आपको कभी अपने देश के लोगों में देशभक्ति का जज्बा देखना हो तो इस सार्वजनिक परिवहन सेवा से अच्छा दूसरा स्थल नहीं हो सकता। आप आसानी से पता लगा सकते हैं बहस करने वाला व्यक्ति कितना धर्म निरपेक्ष या कितना साम्प्रदायिक है। कितना राष्ट्रवादी है और कितना प्रतिक्रियावादी। कितनी उसकी राजनीतिक समझ है और कितना वह कूढ़ मगज है। इन बहसों में जो सबसे रोचक, दिलचस्प और समय काटने की बहस होती है वह राजनीतिक बहस होती है लेकिन राजनीति में भी बिहार और बिहार से सम्बन्धित लालू प्रसाद यादव पर होने वाली बहसें। इन बहसों से आप किसी भी व्यक्ति की लोकप्रियता का सहज ही अन्दाजा लगा सकते हैं।

लेकिन लालू प्रसाद यादव को केन्द्र में रखकर होने वाली बहसों की सबसे बड़ी विशेषता यह होती है कि बहस करने वाले तुरन्त दो खेमों में विभाजित हो जाते हैं। जो लालू के विरोधी हैं उनका सम्बन्ध उस वर्ग से होता है जिसे मैंने पहला वर्ग बताया है। जबकि लालू का हिमायती वह वर्ग होता है जिसका सम्बन्ध दूसरे वर्ग से होता है। इन बहस-मुबाहिसों का सबसे दिलचस्प और आश्चर्य में डालने वाला पक्ष यह है कि राष्ट्रीय राजनीति के गुण-दोषों से चली बहस लालू के निजी चारित्रिक गुण-अवगुणों पर आकर ठहर जाती है। जिस भाषा और विशेषणों के साथ लालू पर प्रहार किया जाता है वह मारे सभ्य और सुसंस्कृत समाज को कुण्ठा तथा मानसिकता को प्रकट करता है। ऐसा लगता है जैसे पूरा भारतीय समाज इसकी निजी जागीर है। इनके लिए लालू का राष्ट्रीय राजनीति में एक धर्मनिरपेक्ष पिछड़े राजनेता का हस्तक्षेप असहनीय होता जा रहा है। इसीलिए लालू का यह वर्ग चौतरफा हमला करने में किसी तरह की हिचक अथवा शर्म महसूस नहीं करता है।

दरअसल यह विरोध या हमला लालू पर नहीं बल्कि भारतीय समरसता तथा बिहारी अस्मिता पर है। यह हमला प्रायः उनके द्वारा अधिक किया जाता है जो अपने आपको भारतीय संस्कृति और राष्ट्रवाद के ठेकेदार तथा उनके वंशज मानने का दंभ भरते हैं। इन ठेकेदारों का सबसे ज्यादा प्रतिनिधित्व वह तथाकथित सभ्य और अभिजात्य वर्ग करता है, जो विभाजन के दौरान शरणार्थी के रूप में इस देश में आया तथा जिसने धीरे-धीरे सभी क्षेत्रों में अपना वर्चस्व कायम कर लिया। यही वर्ग आज सबसे ज्यादा उस कट्टरपंथी पार्टी का समर्थक है जिस पर गाँधीजी की हत्या का आरोप है। लालू की वाक्पटुता, खांटी देहाती शैली, व्यंग्य और साफगोई से तिलमिलाया यह वर्ग लालू को जोकर, देश का सबसे भ्रष्ट, भ्रष्टों का सरगना, बेईमान, लुटेरा, गाय का चारा, मुर्गी का दाना और भैंस का

भूसा खाने वाला जैसे विशेषणों तथा अलंकारों से विभूषित कर अपनी अशिष्ट हताशा को प्रकट करता है।

मुझे याद है जब लालू यादव का राष्ट्रीय राजनीति में एकाएक उदय हुआ था, तब हमारा तथाकथित संभ्रांत और अभिजात्य वर्ग आसानी से इसे स्वीकार नहीं कर पाया था। इसीलिए यह वर्ग 'लालू' का उच्चारण भी हिकारत भरे भाव के साथ 'लल्लू' किया करता था। दूरदर्शन के अंग्रेजी के समाचार वाचकों को अरसे तक मैंने इसी उच्चारण से साथ सुना।

लालू का केश विन्यास तो आज एक तरह से ब्रांड बन गया है। चाहे वह लालू की खांटी शब्दावली युक्त बिहारी मिश्रित हिन्दी हो अथवा गोल-मटोल चेहरे के साथ धवल बेतरतीब सिर के बाल—इन सबके साथ लालू उस देहाती कस्बाई भारतीय का प्रतीक बन चुका है, जिसे हम बेहद सीधासादा मानते हैं लेकिन वास्तव में वह वैसा होता नहीं है। लोक की गन्ध और जीवन व्यवहार में वह बेहद चतुर सुजान होता है। लालू उसी भारतीय का प्रतिनिधत्व करता है। इसीलिए गँवार, जाहिल, असभ्य जैसे नुकीले शब्दों का इस्तेमाल कर तथा अपनी लाख कोशिशों और प्रपंचों के बावजूद यह सभ्य समाज लालू को बिहार की राजनीति से बेदखल करने में नाकामयाब रहा है। आपको याद होगा इस बेदखली के लिए कभी लालू की पत्नी और बिहार की वर्तमान मुख्यमन्त्री श्रीमती राबड़ी देवी को अनपढ़, घरेलू स्त्री बताकर यह वर्ग उस अस्त्र का भी इस्तेमाल कर चुका है। मुख्यमन्त्री बनने के काफी समय बाद तक 'राबड़ी' की जगह मीडिया, विशेषकर अंग्रेजी मीडिया 'रबड़ी' का उच्चारण करता था। यहाँ तक कि उसके बड़े परिवार का मखौल उड़ाकर इन पर निशाना साधने का प्रयास भी किया गया था।

लालू का विरोध करने वाला यह वर्ग अच्छी तरह जानता है कि अकेला एक लालू असंख्य तथाकथित राष्ट्रवादियों, संस्कृति के ठेकेदारों और साम्प्रदायिक शक्तियों से लोहा लेने में सक्षम है। लालू की यह शैली आम आदमी में इतनी लोकप्रिय है कि तेजी से इनकी छवि एक जननायक की बनती जा रही है। लालू अपनी बात को जितनी तार्किकता और सुसंगत तरीके से रखते हैं, उससे कभी-कभी एक सुलझा हुआ समाजशास्त्री और आर्थिकज्ञाता भी कायल हो जाता है। मैंने सुना है लोगों के मुख से यह कहते हुए कि वर्तमान सरकार में यदि कोई मन्त्री अपने मन्त्रालय को सुचारु और सफलतापूर्वक चला रहा है तो वह लालू प्रसाद यादव ही है। बार-बार विघटनकारी और साम्प्रदायिक शक्तियों द्वारा धार्मिक भावनाओं को भड़काने के बावजूद कभी बिहार में उनके तथा श्रीमती राबड़ी देवी के मुख्यमन्त्री काल में साम्प्रदायिक उन्माद तो फैला हो। यह लालू की

उसी दृढ़ता का परिणाम है जिसके चलते बिहार जैसा राज्य शान्ति की राह पर चला आ रहा है। शायद लालू की यही दृढ़ता उस वर्ग को पसन्द नहीं आ रही है जिसका न कभी देशभक्ति में विश्वास रहा है न यहाँ की हिन्दुस्तानी परम्परा में। उसे तो बस 'खाओ, पीओ और ऐश करो' में विश्वास है। राष्ट्रभक्ति का पाखंड इस वर्ग का मूल मन्त्र रहा है। दलित, पिछड़े, अति पिछड़े तथा अल्पसंख्यकों के प्रति इस वर्ग का जो उपेक्षापूर्ण व्यवहार है उसने यह सिद्ध कर दिया है सचमुच भारत अब गाँवों में बसा देश नहीं रहा है अपितु महानगरों सहित बड़े शहरों में बसे उस उपनिवेश का गुलाम है जिसकी इच्छा के बिना इस देश में कुछ भी सम्भव नहीं है। लालू इन्हीं उपनिवेशों के लिए एक चुनौती बनकर उभरे हैं जो इन्हें बिलकुल पसन्द नहीं है और इसीलिए ये लालू के सबसे प्रबल विरोधी हैं।

पंच परमेश्वरों का असली चेहरा

इधर पिछले कुछ दिनों में एक साथ घटे दो प्रकरणों ने भारतीय समाज की रूढ़िवादिता तथा उसकी प्रगतिशीलता को फिर से सन्देहास्पद बना दिया है। यह एक संयोग है कि ये दोनों प्रकरण बिहार के सुदूर अथवा राजस्थान या मध्य प्रदेश के आदिवासी समाज के नहीं हैं बल्कि उत्तर भारत स्थित देश की राजधानी की सीमाओं से लगे दो राज्यों के हैं। एक अर्थ में इन दोनों प्रकरणों को आप एक ही राज्य अर्थात हरियाणा का भी मान सकते हैं। उस हरियाणा का जो औद्योगिक विकास तथा दूसरी दृष्टि से अन्य राज्यों की अपेक्षा काफी उन्नत कहा जाता है तथा देश की राजधानी के नक्शे-कदम पर चलने का प्रयास कर रहा है। यह भी एक संयोग ही है कि मेरा सम्बन्ध इसी राज्य के सबसे पिछड़े क्षेत्र या कहिये इस राज्य का 'काला पानी' कहे जाने वाले क्षेत्र उस मेवात से है, जिसे मेरा राज्य अपना अंग मानने में लगभग शर्म-सी महसूस करता है। इस शर्म की दो वजह है। पहली है यह क्षेत्र मेव-मुस्लिम बाहुल्य क्षेत्र है, और दूसरी यह है कि विकास की दृष्टि से यह पूरे राज्य में सबसे पिछड़ा हुआ है।

मैं इसी राज्य से जुड़े इन दोनों प्रकरणों के उल्लेख के बहाने एक तथाकथित अघाये हुए आधुनिक समाज की कुछ गिरहों को समझने और उन्हें सुलझाने का प्रयास करूँगा। पहला प्रकरण वह है जिसका अब लगभग पटाक्षेप हो चुका है किन्तु एक संवेदनशील समाज को अभी भी बेचैन और उद्वेलित किये हुए हैं—अर्थात यह प्रकरण है उस गुड़िया का जिसका कारगिल युद्ध में लापता हुआ पति वापस लौट आता है। दूसरा प्रकरण इसके बाद का है जो अभी सुर्खियों में है तथा उच्च न्यायालय के हस्तक्षेप के बाद अब यह मामला ऊपरी तौर पर थमता-सा नजर आ रहा है परन्तु शान्त अतल गहराई वाले समुद्र की तरह रूढ़िग्रस्त समाज में भीतर ही भीतर क्या पक रहा है, उस परिणति का समय आने पर पता चल पायेगा। जी हाँ, यह प्रकरण है हरियाणा के उस झज्जर जिले के एक गाँव का जिस जिले में कुछ वर्ष पूर्व तथाकथित एक गौ-हत्या के मामले में कुछ दलितों

को जिन्दा जला दिया गया था। ताजा प्रकरण महज इतना-सा है कि इस जिले के एक गाँव में एक युवक-युवती द्वारा किये गये सगोत्रीय विवाह पर घोर आपत्ति जताते हुए एक जातीय पंचायत ने यह फतवा दे डाला कि एक ही गोत्र के होने के कारण ये दोनों पति-पत्नी नहीं बल्कि भाई-बहन हैं। इतना ही नहीं युवती द्वारा गर्भधारण के बावजूद तीन पंचायतों की इस खाप ने यह आदेश तक दे डाला कि या तो ये युवक-युवती दोनों के अलग गोत्र होने को सिद्ध करें अथवा युवती द्वारा गर्भपात करवा कर भाई-बहन की तरह रह कर शेष जीवन व्यतीत करना स्वीकार करें। पंचायत के इस तालिबानी फतवे के चलते युवती एक अस्पताल में मानसिक वेदना को झेलने को विवश है। उच्च न्यायालय के हस्तक्षेप के बाद इस नव-दंपति ने चैन की साँस ली है और गर्भवती युवती ने कहा है कि अस्पताल से छुट्टी पाते ही वह अपने ससुराल चली जायेगी।

यदि इन दोनों प्रकरणों का बारीकी से अवलोकन करें तो पता चलेगा कि इन दोनों में बेहद समानता है पहली समानता तो यही है कि हमारे समाज, विशेषकर ग्रामीण समाज की कानून व्यवस्था आज भी उन लोगों के हाथ में है जो मानसिक रूप से एक आदिम युग में जी रहे हैं। यदि हम गुड़िया प्रकरण को ही लें तो पायेंगे कि धार्मिक बंदिशें आज भी मानवीय सरोकारों और उसकी स्वतन्त्रता पर भारी पड़ते हैं। हाल में प्रकाशित मेरे दूसरे उपन्यास (बाबुल तेरा देस में) का सैंतीसवाँ अध्याय इसी विमर्श से दो-चार करता है कि यदि किसी स्त्री का पति गायब हो जाए तो शरीअत में जो फतवे और हिदायतें दी गयी हैं वे क्या हैं। एक निजी चैनल द्वारा आयोजित इस मामले से लूटी गयी वाहवाही से पूरा इलैक्ट्रॉनिक मीडिया और प्रिंट मीडिया अचंभित और रोमांचित था। उलेमाओं ने शरीअत को आधार बनाकर जो फतवा दिया उसने पूरे भारतीय समाज को उद्वेलित-सा कर दिया। महिला तथा नारीवादी संगठनों ने नारी-स्वतन्त्रता की लाख दुहाई दी लेकिन सच यह है कि उलेमाओं ने जो फतवा दिया था वह पूरी तरह जानकारी से भरा-पूरा नहीं था। बल्कि एक हद तक पुरुषवादी मानसिकता से ग्रस्त एकपक्षीय फतवा था। गुड़िया के पहले पति आरिफ के घर लौटने के बाद फतवा जारी कर उलेमाओं ने जो असली तथ्य छिपाया, उसका उल्लेख करना यहाँ जरूरी है। यदि शरीयत के मुताबिक पूरे फतवे को जारी किया जाता तो जो पेचीदगियाँ इस प्रकरण से उपजी हैं, शायद वे नहीं उपजतीं।

अब जरा गौर फरमाइए कि लापता शौहर की वापसी की शक्ल में शरीअत क्या कहता है। शरीअत के अनुसार इसकी तीन स्थितियों में जो आदेश हैं उससे पहले यह बताना जरूरी है कि लापता शौहर के बारे में कुरआन मजीद में कोई

स्पष्ट आदेश नहीं है, यहाँ तक कि हदीसों में भी कोई भरोसेलायक आदेश नहीं है। फिर भी इस बारे में इमामों की अलग-अलग राय है कि यदि किसी का पति लापता हो जाये, तो उस स्त्री को अपने पति का कितने दिनों तक इन्तजार करना चाहिए। हजरत उमर रजि॰, हजरत उस्मान रजि॰ तथा अन्य हजरतों की राय यह है कि लापता पति की पत्नी को उसका चार साल तक इन्तजार का हुक्म दिया जाये। हजरत अलि रजि॰ की राय यह है कि पत्नी को उस वक्त तक इन्तजार करना चाहिए, जब तक वह वापस न आ जाये, या उसकी मौत का पता न लग जाये। इन्तजार के लिए हनफी यह तर्क देते हैं कि जब तक लापता पति के हमउम्र लोग उसी बस्ती या उस देश में जिन्दा हों, उस वक्त तक पत्नी उसका इन्तजार करे। उदाहरण के लिए यदि लापता पति 30 साल की उम्र में लापता हुआ तो कुछ के अनुसार पत्नी को 90 साल कुछ के अनुसार 70 साल और 60 साल तथा कुछ के अनुसार 50 साल या कम से कम 40 साल इन्तजार करना पड़ेगा, क्योंकि मनुष्य की स्वाभाविक उम्र 70 साल से लेकर 120 साल तक होती है। इन फतवों के अनुसार इस इन्तजार के बाद वह फिर से निकाह कर सकती है। लेकिन यहाँ एक प्रश्न है कि कुछ वर्षों पूर्व गुड़िया के पूर्व पति आरिफ की तरह कोई पति वापस लौट आये तो शरीअत इस बारे में क्या कहता है। इसकी तीन स्थितियाँ हैं—पहली यह है कि यदि औरत के दूसरे निकाह से पहले उसका पति वापस आ जाये तो वह उसी को मिलेगी। यदि वह निकाह कर चुकी है और चाहे दूसरे पति से सहवास हुआ या न हुआ, दोनों स्थितियों में पहले पति का उस पर कोई हक नहीं होगा। यह आदेश अथवा फैसला हजरत उमर रजि॰ का है।

जबकि हजरत अली रजि॰ का फैसला यह है कि औरत हर हाल में पहले पति को मिलेगी। भले ही दूसरे पति से सहवास हुआ हो और उससे बच्चे पैदा हो गये हों। हनफियों ने इसी मत को अपनाया है। तीसरा मत हजरत उस्मान रजि॰ के फैसले पर आधारित है कि यदि औरत दूसरा निकाह कर चुकी है और फिर पहला पति आ जाये तो उससे पूछा जायेगा कि उसे पत्नी चाहिए अथवा मह्र (मह्र—वह राशि अथवा माल जिसे पति विवाह के समय लिखवाता है, तथा जो उसे अपनी पत्नी को देना पड़ता है)। यदि पति पत्नी को वापस लेने का आग्रह करे तो औरत को अपने दूसरे पति से अलग होकर इद्दत् (एक निश्चित अवधी) गुजारनी पड़ेगी।

इन तीनों मतों अथवा फैसलों में पहले फैसले को सबसे उचित माना गया है। क्योंकि यदि औरत का दूसरा निकाह हो जाने के बाद भी पहले पति का उस पर अधिकार रहेगा, तो ऐसी औरत से कौन निकाह करेगा। लेकिन गुड़िया के

मामले में उलेमाओं ने जो फतवा जारी किया है वह हजरत अली रजि॰ के फैसले पर आधारित है। आज इस फैसले से न केवल गुड़िया के भविष्य के प्रति सन्देह जताया जा रहा है अपितु उस बच्चे के भविष्य को लेकर भी संवेदनशील व्यक्ति उद्वेलित और बेचैन है जो गुड़िया के दूसरे पति का है।

ऐसा ही फैसला अथवा फतवा हरियाणा के कथित सगोत्रीय दम्पति के मामले में एक सजातीय पंचायत ने सुनाया है। जैसाकि मैंने ऊपर कहा है कि अभी भी ग्रामीण समाज की कानून व्यवस्था मानसिक रूप से आदिम युग में रह रहे लोगों के हाथों में है। ग्राम पंचायत से लेकर समाज के दूसरे मामलों में अभी भी इनका वर्चस्व है। अब वे पंच अथवा सरपंच नहीं रहे जिनके दिल में ईश्वर बसता है। अब यह सिर्फ किताबी इबारत बन कर रह गयी हैं कि पंच न किसी के दोस्त होते हैं न किसी के दुश्मन। अब पंच के हृदय में परमेश्वर वास नहीं करता है। ऐसी ही स्थिति धार्मिक ग्रन्थों की आड़ में फैसला सुनाने और फतवा देने वालों की है। सच तो यह है कि भारतीय ग्रामीण समाज में पंचायतों का आदर्श भी हमारी वह राजनीति बन चुकी है जिसका प्रतिनिधित्व ऐसी ही मानसिकता के ज़्यादातर जन प्रतिनिधि कर रहे हैं। सच ही कहा था पिछले दिनों राहुल गाँधी ने अपने चुनाव क्षेत्र के दौरान कि ग्राम प्रधान का मकान तो देखते ही देखते महल में तब्दील हो जाता है और आम आदमी की स्थिति वैसी ही रहती है।

दरअसल ग्राम पंचायतों का सशक्तिकरण और उन्हें ज़्यादा अधिकार इसलिए प्रदान किये गये थे ताकि ये बिना किसी बाधा के गाँवों का विकास कर सकें। इसकी सबसे पहले पहल स्व. राजीव गाँधी ने अपने प्रधानमन्त्री काल में की थी। यहाँ इस तथ्य का उल्लेख करना आवश्यक है कि आज इन अधिकारों को ज्यादातर ग्राम पंचायतों ने धनोपार्जन का हथियार बना लिया है। गाँवों में होने वाले ग्राम पंचायतों के चुनावों में वे सभी छल-प्रपंच देखे जा सकते हैं जो हमें लोकसभा अथवा विधान सभा के चुनावों में देखने को मिलता है। आर्थिक रूप से साधन सम्पन्न पंच-सरपंच के उम्मीदवार अपनी-अपनी जीत के लिए उन्हीं हथकंडों को अपनाते हैं, जिन्हें हमारे राष्ट्रीय जनप्रतिनिधि अपनाते हैं। अपने गाँव के पिछले ग्राम पंचायत के चुनावों के दौरान मैंने स्वयं देखा था कि सरपंच के पद के एक उम्मीदवार की घर की महिलाएँ वोट की खातिर मतदाताओं के पाँवों में अपना दुपट्टा तक रख रही थीं। इससे साफ लग रहा था कि सरपंच के इस उम्मीदवार का उद्देश्य गाँव का विकास करना नहीं, अपितु विकास के नाम पर आने वाले धन से अपनी जेबें भरना था।

महिलाओं की स्थिति तो और भी बदतर है। महिला आरक्षण के आधार पर

निर्वाचित महिला पंच-सरपंच मात्र रबर स्टांप की तरह होती हैं, जबकि असली पंच-सरपंच की भूमिका उनके पति ही निभाते हैं। यदि कुछ अपवादों को छोड़ दिया जाये तो पूरे भारतीय ग्रामीण क्षेत्र की पंचायतों की स्थिति ऐसी ही है। ग्राम पंचायतों की एक विशेषता यह है कि शिक्षित, प्रगतिशील विचारों के युवाओं की अपेक्षा अभी भी ऐसे ही लोगों का वर्चस्व है जिन्होंने हरियाणा के इस नव-दम्पति के विरुद्ध तालिबानी फतवा जारी किया था। ग्राम पंचायत के निर्वाचित पंच-सरपंच इस तथ्य से भली-भाँति परिचित होते हैं कि एक बार निर्वाचित होने के कितने फायदे हैं। एक समय था जब गाँवों के विवाद थानों या पुलिस तक नहीं जाते थे। ऐसा इसलिए होता था कि पंचायत की निष्पक्षता और उसकी नीयत पर आम आदमी को पूरा भरोसा था। ग्राम पंचायतें भी पूरी निष्पक्षता के साथ फैसले दिया करती थीं। यदि ऐसा नहीं होता तो मुंशी प्रेमचंद ने 'पंच परमेश्वर' जैसी कहानी यूँ ही नहीं लिखी थी। किन्तु आज पंचायतों का चरित्र पूरी तरह बदल गया है। जो धारणा इनके बारे में थी वह बदल रही है। बाहुबलियों का इन पर कब्जा है। ईमानदारी और आधुनिक सोचवाले युवाओं की इनमें कम भागीदारी होती है। धर्म और जाति की भूमिका इनको उसी तरह प्रभावित करती है जैसे राष्ट्रीय राजनीति होती है। इसलिए यदि ये दोनों घटनाएँ बीसवीं सदी के कई वर्ष बाद भी घटती हैं तो इसमें आश्चर्य की बात नहीं। बदलाव अपने भीतर से होता है। बदलते युग में अपनी सोच की कुंद खिड़कियों को खोलना जरूरी है। जब तक ये खिड़कियाँ बन्द रहेंगी ऐसे फतवे और आदेश जारी होते रहेंगे।

मेरा कमरा

मेरा कमरा यानी लेखक की वह कुटिया है जिसमें वह एकान्त में बैठकर अपनी बेचैनियों को कागजों पर उतारता है। लेखक का कमरा यानी एक ऐसी समाधि जिसमें बैठकर वह अपने पात्रों के सुख-दुख को साझा करता है—मेरा मानना है कि लेखक का एक स्त्री की तरह अपना कोई कमरा ही नहीं होता जिसे वह अपना कह सके। कायदे से देखा जाये तो पूरी कायनात ही उसका कमरा होता, एक ऐसा कमरा जिसके हर कोने में उसके पात्र छुपे बैठे होते हैं। कहीं बूढ़ा पिता है तो कहीं उसे जन्म देने वाली बूढ़ी माँ। कहीं उसकी सहधर्मिणी उसके पात्रों के साथ-साथ बीच-बीच में आकर टोकती रहती है। मगर बावजूद इसके उसका भी एक कमरा होता है। एक ऐसा कमरा जिसकी एक-एक दर-ओ-दीवार पर उसके अनुभवों, स्मृति और कल्पना के माढ़े गये न जाने कितने चित्र उकेरे गये होते हैं। सच कहूँ लेखक के रूप में मेरे भीतर शुरू से ही उसके कमरे की जो परिकल्पना रही है वह वही है जिसे हम अक्सर अपने पूर्ववर्ती लेखकों के चित्रों में देखते हैं। रेह लगी कच्ची-पक्की दीवारों पर टँगी साधनारत अपने पूर्व लेखकों की चन्द तस्वीरें, आजू-बाजू अलमारियों में करीने से सजी पुस्तकें और एक ऐसा बड़ा तख्तनुमा पलंग जिस पर इधर-उधर बिखरी हुई सहायक सामग्री। मगर आज जैसे यह तस्वीर बदल गयी है। अब इसमें पलंग की जगह आधुनिक मेज-कुर्सी ने ले ली है तो सहायक सामग्री की जगह कम्प्यूटर ने ले ली है। एक लेखक के रूप में मेरी जगह कमरे के रूप में आज भी उतनी ही है, जितनी उन दिनों थी जब एक कमरे में पूरा परिवार रहता था। यह सही है कि लेखक के लिए एकान्तवास जरूरी है मगर उस एकान्त में भी कोलाहल जरूरी है। जगह-जगह दीवारों पर टँगी सम्मान/पुरस्कारों की तस्वीरें और स्टडी टेबल जरूर मुझे मेरे लेखक होने का एहसास कराती है। मगर लिखने की आज भी मेरी एक निश्चित जगह तय नहीं है। लिखना वास्तव में एक ऐसा व्यसन है जो सुविधा माँगता है। यह सुविधा उन शब्दों को रचने की होती है जो जरूरी नहीं वह आपको कोई कीमती मेज ही मुहैया कराये।

लेखन के लिए अलग-अलग मौसम के हिसाब से मेरे पास कुछ विकल्प हैं। उदाहरण के लिए अगर मौसम सावन-भादों का है तो सबसे ऊपर बना एक ऐसा कमरा है जिसकी खिड़कियों से पुरवाइयों के ठंडे-झोंके आते रहते हैं। अगर झुलसते महीने हैं तो कहीं भी लेटे-अधलेटे रहकर लिखना-पढ़ना होता है। पता नहीं क्यों जाड़ों में मेरी लिखने की गति बहुत कम हो जाती है। इसकी एक वजह है और वह यह कि लेखन कभी भी मेरे लिए न ओढ़ना रहा, न बिछौना इसलिए लेखन के प्रति मेरी प्राथमिकताएँ निरन्तर बदलती रहती हैं क्योंकि मैं कभी भी पूर्णकालिक लेखक नहीं रहा। इसलिए मेरे पास लेखक का कमरा जैसी कोई निश्चित जगह नहीं है। जो है वह एक साझा कमरा है जिसमें पत्नी का छोटा-सा मन्दिर भी है। तो उसकी एक अलमारी भी। कहने को यह लेखक का कमरा है मगर होते हुए भी नहीं है। कई बार मन में आता है कि लेखक के रूप में मेरा एक कमरा हो मगर कैसा हो सबसे बड़ा सवाल यही है। अगर कोई मुझसे पूछे कि एक लेखक के रूप में मेरा एक कमरा हो, तो मैं कहूँगा कि हाँ हो, मगर सिर्फ कहने भर को नहीं। सिर्फ ऐसा कमरा नहीं जिसमें रोशनी भी अपनी न हो, बल्कि ऐसा कमरा हो जिसमें बाहर की ताजी हवा हो, सूरज की सीधी किरणें आती हों। और ऐसा है भी।

मेरे सबसे प्रिय और प्रेरक कमरों में से एक है वह जिसने आठवें दशक के मेरे ताप के ताये दिनों में न केवल मेरा साथ दिया बल्कि मुझे लेखकीय बल प्रदान भी किया। यह वही कमरा था जहाँ पहली बार मेरा छोटा-सा परिवार एक परिवार के रूप में एकत्रित हुआ। यह वही कमरा था जिसका एक कोना स्टोव के ऊपर पकती सब्जी से उठती भाप और तवे पर बनती रोटियाँ की भीनी-भीनी महक से सराबोर रहता, तो एक कोने में कागज पर उतरते शब्द इनका इन्तजार करते। सच तो यह है कि इस कमरे ने गाँव और शहर की दूरी का एहसास ही नहीं होने दिया। उस कमरे को भी मेरे लिए भूलना मुश्किल है जिसने 'काला पहाड़' जैसी कृति दी। मेरा सबसे ज़्यादा समय पश्चिमी दिल्ली के पालम गाँव में बीता। शायद यह उसी ग्रामीण परिवेश का असर था जिसने हिन्दी जगत को एक के बाद एक कृतियाँ दीं। जैसाकि कहा जाता है लेखन के लिए एकान्त और अकेलेपन की नितान्त आवश्यकता होती है मगर इस अकेलेपन के साथ एक ऐसे भीतरी कोलाहल की भी जरूरत होती है, जो निरन्तर लेखक को मथता रहता है। ये 1993 के दिन थे। बाबरी मस्जिद को शहीद किया जा चुका था। मन भीतर ही भीतर बहुत व्याकुल और बेचैन था। रह-रह कर एक अकेलेपन की जरूरत-सी महसूस हो रही थी। किराये पर छोटे-से परिवार के लिए जितनी

जगह होनी चाहिए थी उतनी काफी थी परन्तु किसी ऐसे कोने की जरूरत थी जहाँ इस व्याकुलता को व्यक्त किया जा सके। इसी दौरान यह समस्या भी हल हो गयी और ऊपर एक छोटा-सा कमरा, जो पहले से किसी के पास था, खाली हो गया जिसे मैंने ले लिया। इस कमरे पर काफी दिनों से मेरी नजर थी। मुझे लगता था कि यह मेरे लेखन का गवाह बन मेरी बेचैनी को समझ सकता है। पालम गाँव का यह वही कमरा है जहाँ 'काला पहाड़' लिखा गया। आज जब भी इस गली से गुजरता हूँ और उस कमरे की ओर निगाह जाती है, तो लगता है इसके पात्र खासकर सलेमी मुझे इशारे से अपने पास आने को कहता है। जून-जुलाई की प्रचण्ड लू जब अपने पूरे शबाब पर होती तब उस अकेले कमरे में मैं मेवात और उसके पात्रों से बतियाता रहता। खिड़की से लगी मेज़ और मेज पर पड़े कागजों पर बाहर की रोशनी में कब 'काला पहाड़' ने आकार ले लिया, पता ही नहीं चला।

इसके बाद वह अगस्त का महीना था जब मकान मालिक ने मकान खाली करने का अल्टीमेटम दे दिया। हल्की बूँदा-बाँदी में किताबों के गट्ठर लाये गये। इन्हीं गट्ठरों को देखकर एक मकान मालिक की बहू ने एक दिन पूछा था कि क्या मैं किताबें बेचने का काम करता हूँ। अपने घर में आने का एहसास जैसा भी था पहली बार महसूस हुआ कि अपना घर अपना होता है। किराये के मकानों में हमारा निवास भले ही होता है मगर उनमें हम कभी 'रहते' नहीं हैं। रहते हम अपने ही घरों में हैं। 'बाबल तेरा देस में' अपने ऐसे ही घर के उस कमरे की देन है जिसकी गुबरेटे से लिपी जमीन पर यह लिखा गया। आज यह अच्छा-भला मकान यानी डब्ल्यू-जेड 745जी, जो पालम गाँव की तलहटी का हिस्सा है, कई ऐसी कृतियों को जन्म दे चुका है जिसके सफों और हरूफों से उस माटी की गन्ध महसूस की जा सकती है, जो हमसे कोसों पीछे छूट चुकी है। 'बाबल तेरा देस में' जिन कमरों में लिखा गया था उस कमरे में लगता है जैसे आज भी कुरआन की आयतें कानों में मानो सरगोशियाँ कर रही हैं। लगता है मानो दादी जैतूनी, शकीला की चुहल और मुमताज, मैना समेत शकीला की नन्ही फौज की किलकारियाँ गूँज रही हैं। और ऊपर बना वह कमरा जिसकी आज केवल यादें रह गयी हैं। उस कमरे की याद जिसमें 'रेत' के कमला बुआ, रुक्मिणी, घनश्याम 'कृष्ण' उर्फ वैद्यजी, सुशीला, माया, संतो, वंदना, पूनम, पिंकी, सावित्री मल्होत्रा जैसे पात्रों से बोलते-बतियाते और 'बाबल तेरा देस में' के जगनी द्वारा गाये जाने वाले 'स्याह पोश' नौटंकी के बोल झील-नक्काड़े की काल्पनिक तान पर न जाने कितनी बार गुनगुनाये। यह मात्र एक संयोग था कुछ और कि आज

ठीक उसी कमरे की जगह जो कमरा है वही मेरी समाधि-स्थल है जिसमें पुरानी रचनाओं के बहुत से अवशेष आज भी मौजूद हैं। मेरी स्मृतियों में मेरा वह पैतृक कमरा किसी स्लेट पर ताजा इबारत-सा आज भी छपा हुआ है जिस कमरे में पाठ्य पुस्तकें करीने से लगी होती थीं। आज अपने इन सारे कमरों की कल्पना करता हूँ तो मन पुरानी स्मृतियों में गोते लगाने लगता है। मुझे लगता है कि कई बार अभाव और असुविधाएँ-सुविधाओं की अपेक्षा हमारी सृजनशीलता को कहीं ज़्यादा उर्वर बनाती हैं। अभावों के दिनों में स्याही से भरी दवात में कलम की डूबी निब जब-जब बाहर आकर साँस लेती हुई, बड़े जतन से सँभाल कर रखे गये कागजों पर शब्दों को उकेरती थी तो लगता था मानो वे शब्द नहीं दीवारों पर उकेरी गयी ऋचाएँ हों।

आज मुझसे अगर कोई कहे कि मेरी कल्पनाओं का वह कमरा कैसा हो जिसे कोई एक लेखक का कमरा कह सके, तो मैं यही चाहूँगा कि मेरा वह कमरा ऐसा हो जो मेरी अँगुली पकड़ मुझे मेरे अतीत में ले जाये। याद दिलाता रहे मेरे उन दिनों की जिन दिनों को मैंने अपने अभावों से सींचा। सच तो यह है कि जिन कमरों को मैं अपना मान कर याद करता रहता हूँ वे दरअसल मात्र रात काटने और दिन बिताने का ठिकाना मात्र नहीं थे बल्कि मेरे उस अतीत के गवाह हैं, जिसकी सीढ़ियों पर चढ़ कर मैं आज यहाँ पहुँचा हूँ। अगर आज मुझे सिर्फ और सिर्फ इन कमरों पर विस्तार से लिखना पड़े, तो इनसे जुड़ी ऐसी बहुत-सी स्मृतियाँ अब धुँधली पड़ चुकी हैं जिन पर पड़ी गर्द लाख कोशिशों के बाद आज हट नहीं सकती। हाँ वर्तमान में जो मेरा तथाकथित कमरा है उससे मेरा एक ऐसा सम्बन्ध बन चुका है कि यदि उसमें न जाऊँ, तो डर लगता है कहीं वह मुझसे रूठ न जाये।

उपन्यास लेखन कला

उपन्यास का नाम सुनते ही एक पाठक के मन में एक साथ अनेक छवियाँ बननी शुरू हो जाती हैं। अनेक जिज्ञासाओं और प्रश्नों के साथ वह उसके पात्रों और लेखक के साथ अपनी यात्रा शुरू कर देता है। इस यात्रा का अन्त या उसकी परिणति रचना यानी उपन्यास के पात्रों और उसके लेखक के साथ किस रूप में होता है, यही उस उपन्यास की सफलता या असफलता है। यह सफलता या असफलता केवल उपन्यास की ही नहीं होती बल्कि असल रूप में उसके लेखक की भी होती है। यहाँ मैं एक लेखक के रूप में उपन्यास की लेखन कला या उसके कुछ लेखकीय रचना अनुभवों की बात करूँ, यहाँ यह जिज्ञासा पैदा होना स्वाभाविक है कि आखिर 'उपन्यास' विधा क्या है? उसकी परिभाषा क्या है? इसकी परिभाषा को लेकर अनेक मत हैं। अर्नेस्ट ए. बेकर के शब्दों में कहें तो उपन्यास गद्यबद्ध कथानक के माध्यम द्वारा जीवन और समाज की प्रस्तुति व व्याख्या का सर्वोत्तम साधन है। इसीलिए इस विधा को आधुनिक युग की देन कहना ज्यादा उचित होगा। जबकि डॉ. जे.बी. क्रिस्टले लिखते हैं, 'उपन्यास जीवन का विशाल दर्पण है और इसका विस्तार साहित्य के किसी भी रूप से बड़ा है।' इसी प्रकार रैल फ्रांस के अनुसार, 'उपन्यास केवल काल्पनिक गद्य नहीं है वरन वह मानव-जीवन का गद्य है। ऐसी प्रथम कला जिसने सम्पूर्ण मानव को लेने और उसे अभिव्यंजना देने का प्रयास किया है।' लेकिन इसके विपरीत विलियम हेनरी हेडसन के अनुसार, 'मानव और मानवीय भावों से तथा क्रियाओं की विस्तृत चित्रावली ने नर एवं नारियों की सार्वकालिक, सार्वदेशिक रुचि ही उपन्यास के अस्तित्व का कारण है।' इधर डॉ. श्याम सुन्दर दास उपन्यास को मानव के वास्तविक जीवन की काल्पनिक कथा मानते हैं, किन्तु मुंशी प्रेमचंद कहते हैं, 'मैं उपन्यास को मानव-जीवन का चित्र समझता हूँ। मानव-चरित्र पर प्रकाश डालना और उसके रहस्यों को खोलना ही उपन्यास का मुख्य स्वर है।' डॉ. हजारी प्रसाद द्विवेदी के अनुसार, 'उपन्यास आधुनिक युग की देन है। नये गद्य के प्रचार के

साथ-साथ उपन्यास का प्रचार हुआ है। आधुनिक उपन्यास केवल कथा मात्र नहीं है और पुरानी कथाओं और आख्यायिकाओं की भाँति कथा-सूत्र का बहाना लेकर उपमाओं, रूपकों, दीपकों और श्लेषों की छटा और सरस पदों में गुम्फित पदावली की छटा दिखाने का कौशल भी नहीं है। यह आधुनिक वैयक्तिक दृष्टिकोण का परिणाम है।' इस प्रसंग में आचार्य नंददुलारे वाजपेयी का कहना है कि उपन्यास में आजकल गद्यात्मक कृति का अर्थ लिया जाता है। पद्यबद्ध उपन्यास नहीं हुआ करते। उपन्यास के विकास से गद्य के विकास का भी सम्बन्ध है। प्रायः वही परिस्थिति गद्य के विकास में सहायक हुई है जो उपन्यास के विकास में योग दे रही थीं। यूरोप में गद्य उपन्यासों के पहले कुछ प्रेमाख्यान कविताएँ प्रचलित थीं। उन्हें ही आधुनिक उपन्यास की जननी कहा जा सकता है।'

उपरोक्त मतों और परिभाषाओं से साफ है कि उपन्यास की एक सर्वमान्य परिभाषा तय करना मुश्किल है। इसका कारण है और वह यह कि वास्तव में उपन्यास अंग्रेजी में नॉवेल शब्द का पर्यायवाची समझ लिया गया है। हालाँकि नॉवेल का प्रयोग अंग्रेजी में जहाँ एक ओर सुसंगठित कथाओं के लिए किया जाता है। वहीं दूसरी ओर अतीत की स्मृतियाँ के प्रस्तुति के रूप में भी किया जाता है। मगर इस सबसे यही ध्वनि निकलती है कि उपन्यास मानव-जीवन का वह आख्यान है जो उसके जीवन-जगत की मर्मस्पर्शी, संघर्ष भरे व सुख-दुख की घटनाओं को निश्चित तारतम्य के साथ चित्रित करता है। यही कारण है कि आज उपन्यास साहित्य की समस्त विधाओं में सबसे लोकप्रिय विधा है और इसे मानव-जीवन का यथार्थ प्रतिबिम्ब कहा जा सकता है। इसीलिए उपन्यास को मानव-जीवन यथार्थवादी कलात्मक चित्र माना जाता है। दूसरे अर्थों में कहें तो उपन्यास मानव-जीवन की गाथा है। इसीलिए साहित्य में आज उपन्यास का वही स्थान है जो कभी महाकाव्यों का था। हालाँकि महाकाव्यों में जीवन तथा व्यक्ति का आदर्शवादी चित्र मिलता है, जबकि फील्डिंग की परिभाषा के अनुसार उपन्यास समाज की आलोचनात्मक व्याख्या प्रस्तुत करता है। ऐसा इसलिए है कि उपन्यासकार के लिए आख्यान साधन मात्र है, साध्य नहीं। उपन्यासकार का उद्देश्य और ध्येय मात्र पाठकों का मनोरंजन करना मात्र नहीं है, बल्कि यथार्थ, कल्पना और अपने रचनात्मक कौशल के सहारे वह व्यापक सामाजिक जीवन की झाँकी प्रस्तुत करता है। उपन्यास का आविर्भाव और विकास वैज्ञानिक प्रगति के साथ हुआ। धीरे-धीरे उपन्यासकार कला की समस्याओं तक ही सीमित न रहकर उसका प्रवेश समाज और जीवन के दूसरे हिस्सों जैसे शोषण, दमन, जातिवाद, साम्प्रदायिकता, लिंग भेद में भी होने लगा। जैसे-जैसे उसका प्रवेश इन हिस्सों में

होने लगा उपन्यास की स्वीकार्यता और व्यापकता भी बढ़ने लगी। इसलिए आज यह विधा सामाजिक चेतना के क्रमिक विकास की कलात्मक अभिव्यक्ति और पैमाना बन गया। आज अगर सबसे अधिक किसी विधा का पाठक है तो वह उपन्यास का ही है। क्योंकि जीवन-जगत के जितने सर्वांगीण चित्र, जितने वैविध्य और जितनी छवियाँ व छटाएँ उपन्यास में मिलती हैं, उतना साहित्य की शायद ही किसी दूसरी विधाओं में मिलता हो। दूसरी विधाओं की अपेक्षा उपन्यास में मानव चरित्र के यथार्थ, विशद एवं गहन अध्ययन की सम्भावनाएँ सबसे अधिक देखने को मिलती हैं।

कहा जाता है कि बाणभट्ट का 'कादम्बरी' विश्व का पहला उपन्यास है। जबकि कुछ विद्वान 1007 में जापानी में मुरासाकी शिकिबु नाम की महिला द्वारा लिखे गये उपन्यास 'जेन्जी की कहानी' को दुनिया का प्रथम उपन्यास मानते हैं। लगभग 1000 पृष्ठों और 54 अध्याय के इस उपन्यास की कहानी प्रेम व विवेक की खोज में निकले एक राजकुमार की कहानी है। 1605 में लिखे गये सेर्बैन्तिस के स्पेनिश उपन्यास 'डॉन क्विक्सोट' को यूरोप का, तो 1678 में जोन बुन्यान के लिखे 'द पिल्ग्रिम्स प्रोगेस' को अंग्रेजी का पहला उपन्यास माना जाता है। जबकि हिन्दी में आचार्य रामचन्द्र शुक्ल के अनुसार लाला श्रीनिवास दास के 'परीक्षा गुरु' को, तो कुछ 1870 में पंडित गौरीदत्त के 'देवरानी जेठानी की कहानी' व कुछ श्रद्धाराम फिल्लौरी के 'भाग्यवती' को हिन्दी का प्रथम उपन्यास मानते हैं।

यहाँ किसी भी पाठक की एक जिज्ञासा यह हो सकती है कि एक सुगठित, सुपठित और एक हद तक एक समावेशी उपन्यास की आधारभूत जरूरतें या कहिये मूल तत्त्व क्या होने चाहिए, जिसके कारण पाठक उसे सहजता के साथ अपना सके। एक उपन्यासकार के नाते मेरी दृष्टि में उपन्यास लेखन की सबसे पहली और प्रमुख शर्त है उसकी प्रामाणिकता, विश्वसनीयता तथा पठनीयता। अब सवाल यह हो सकता है कि एक लेखक इन्हें कैसे पूरा करे? किसी भी उपन्यास को प्रामाणिक बनाने के लिए लेखक जिन औज़ारों का इस्तेमाल करता है वे हैं उसकी स्मृतियाँ। उसका इतिहासबोध और उस समाज के प्रति उसका नजरिया अर्थात उसके सामाजिक सरोकार। उसे विश्वसनीय बनाने के लिए वह उपन्यास के कथ्यानुरूप लोक-भाषा, परिवेश और उसके पात्रों व उनके प्रभावशाली संवादों का चयन करता है। जबकि उसका लेखक यथार्थ, अपनी कल्पना, अपनी शैली व रचनात्मक कौशल का सहारा लेते हुए उसे पठनीय बनाता है। इसीलिए पाठक को जितना यथार्थ उपन्यास में नजर आता है उतना होता नहीं है। वह तो उसकी कल्पना होती है जिसे उसका कौशल उसे प्रामाणिक और विश्वसनीय बनाता है।

मेरी दृष्टि में किसी भी उपन्यास की प्रभावशाली शुरुआत और उसका अन्त, जो एक लेखक का रचनात्मक कौशल ही होता है, उपन्यास लेखन की एक और प्रमुख शर्त है। शुरुआत किसी भी उपन्यास का वह प्रवेशद्वार है जिससे प्रवेश कर एक पाठक उसके कथ्य रूपी बीहड़ में उतरता है। जबकि अन्त पाठक को अनेक सवालों से बचैन करने वाला हो।

बदलते नैतिक मूल्यों, बदलती भौतिक जरूरतों तथा बदलते सामाजिक अनुशासनों ने अनेक विमर्शों को जन्म दिया जिसके कारण उपन्यास ने भी अपने आपको बहुत बदला है। भारतीय उपमहाद्वीप में तो उपन्यास का उदय ही दमन, शोषण और सामन्तवाद के खिलाफ हुआ है, जिसका विस्तार आगे जाकर साम्प्रदायिकता, जातिवाद और लिंगभेद जैसी सामाजिक व्याधियों के खिलाफ लड़ने वाले एक हथियार के रूप हुआ। कहते हैं कि उपन्यास ही अकेली ऐसी विधा है जिससे एक लेखक के असली धैर्य, संयम, उसके रचनात्मक कौशल, उसकी वैचारिक प्रतिबद्धता और मानव मूल्यों के प्रति उसके आग्रहों की परीक्षा होती है। इसीलिए उपन्यासकार को कथ्य के अतिरिक्त अपने पात्रों, उनकी भाषा व संवादों का चयन बेहद सावधानीपूर्वक करना चाहिए। विशेषकर भाषा, क्योंकि जहाँ संवाद किसी भी उपन्यास को मौलिक व प्रामाणिक बनाता है, वहीं एक लेखक की भाषा अपने पाठक के विचारों का निर्माण भी करता है। इसलिए भाषा व संवाद की एक उपन्यास को कालजयी बनाने में महत्त्वपूर्ण भूमिका होती है। अतः अपने विचारों को अगर लेखक नैरेशन के बजाय अपने पात्रों के माध्यम से प्रकट करता है, तो उपन्यास जीवन्त हो उठता है। मेरी नजर में एक संतुलित उपन्यास के लिए उसके लेखक का अपने 'लोक' के प्रति जागरूक होना तथा उसका जीवन-संघर्ष यानी उसका जीवन-जगत काफी मायने रखता है। कहना होगा कि इस अस्मितावादी दौर और विविधतापूर्ण वाले भारतीय उपमहाद्वीप में जिस तरह राजनीतिक व आर्थिक दबावों के चलते सामाजिक संरचना आये दिन नये-नये रूप ले रही है, उसके चलते एक उपन्यास लेखक को अपनी स्मृति, इतिहास और लोकाचारों पर बेहद सतर्कता, निष्पक्ष तथा निर्मम होकर सोचने की जरूरत है। इस तरह उपन्यास लिखना अपने आप में किसी शोध से कम नहीं है। एक उपन्यासकार के लिए न केवल राजनैतिक, आर्थिक, इतिहास, समाजशास्त्र की समझ जरूरी है बल्कि एक कुशल विश्लेषक की भूमिका भी निभानी होती है। इसीलिए साहित्य की अन्य विधाओं की अपेक्षा उपन्यास के लिए पूरे शोध की जरूरत होती है। अपने पात्रों में उसे पूरी तरह रचना-बसना होता है।

अगर हम हिन्दी उपन्यास के पूरे परिदृश्य पर नजरें डालें, तो ऊपर बताये

गये तत्त्वों को इन उपन्यासों से समझा जा सकता है। या कहें हिन्दी उपन्यास को समझने के लिए यह एक महत्त्वपूर्ण सूची हो सकती है, जो इस तरह है : परीक्षा गुरु (लाल श्रीनिवास दास), चन्द्रकांता और चंद्रकांता संतति (देवकीनंदन खत्री), तितली (जयशंकर प्रसाद), बाणभट्ट की आत्मकथा (हजारी प्रसाद द्विवेदी), गोदान (मुंशी प्रेमचंद), त्यागपत्र (जैनेन्द्र), शेखर एक जीवनी (अज्ञेय), बलचनमा (नागार्जुन), मैला आँचल व परती परिकथा (फणीश्वरनाथ रेणु), बूँद और समुद्र (अमृतलाल नागर), झूठा सच (यशपाल), तमस (भीष्म साहनी), मित्रो मरजानी व जिन्दगीनामा (कृष्णा सोवती), महाभोज (मन्नू भंडारी), आधा गाँव (राही मासूम रजा), राग दरबारी (श्रीलाल शुक्ल), कब तक पुकारूँ (रांगेय राघव), उस चिड़िया का नाम (पंकज बिष्ट), कठ गुलाब (मृदुला गर्ग), कसप (मनोहर श्याम जोशी), काला जल (शानी), झीनी झीनी बीनी चदरिया (अब्दुल बिसिमिल्लाह), नौकर की कमीज (विनोद कुमार शुक्ल), डूब (वीरेन्द्र जैन), पहला गिरमिटिया (गिरिराज किशोर), मुझे चाँद चाहिए (सुरेन्द्र वर्मा), सूखा बरगद (मंजूर एहतेशाम), शाल्मली (नासिरा शर्मा), सभा पर्व (बदीउज्जमा), इदन्नमम (मैत्रेयी पुष्पा), बारामासी (ज्ञान चतुर्वेदी), कलि कथा वाया बाई पास (अलका सरावगी), काला पहाड़ (भगवानदास मोरवाल), आवाँ (चित्रा मुद्‌गल), सात आसमान (असगर वजाहत), हमारा शहर उस बरस (गीतांजलि श्री), कितने पाकिस्तान (कमलेश्वर), आखिरी कलाम (दूधनाथ सिंह), सूत्रधार (संजीव), इन्हीं हथियारों से (अमरकांत), गायब होता देश (रणेन्द्र)। ऐसे दर्जन भर और उपन्यास भी हो सकते हैं। यह सूची और भी लम्बी हो सकती है और यह भी कहना मुश्किल है कि ये उपन्यास ही पूरे हिन्दी उपन्यास के प्रतिनिधि उपन्यास हैं, हाँ, यह कहा जा सकता है कि हिन्दी उपन्यास के मानक और पूरे परिदृश्य को समझने हेतु शिल्प, सामाजिक चेतना की प्रखरता, जातीय स्मृतियों की खोज, विचारधाराओं के अन्तर्विरोध, लोक विश्वासों, दलित स्त्री-प्रश्नों और उन बदलावों को आधार बनाया गया है जिनके चलते उपन्यास के बहाने एक विशिष्ट 'लोक' को समझने में आसानी हो सकती है। एक तरह से ये उपन्यास निर्विवाद रूप से समूचे भारतीय उपमहाद्वीप का प्रतिनिधित्व करने वाले उपन्यास कहे जा सकते हैं। यानी स्वतन्त्रता, समतावादी समाज का सपना और उसकी कामना, लोकजागरण की नव रचना के साथ-साथ दलित, स्त्रियों, वंचित, उपेक्षितों, अल्पसंख्यकों, आदिवासियों को स्वर प्रदान करने वाले तथा साम्प्रदायिकता के विरोध में खड़े उपन्यास हैं ये। कहना होगा कि इन उपन्यासों का मूल स्वर बल्कि कहिये मूल चिन्ता लोककल्याण और लोकजागरण को बचाये रखने की है। 'मनुष्य' की प्रबल जिजीविषा और अदम्यता इनके पात्रों

की साँसों में घुली हुई है। एक और तथ्य जिस पर हमारा ध्यान शायद ही जाता होगा और वह यह कि लगभग विलुप्त होती जाती बहुरंगी किस्सागोई, भाषा की दुहरी-तिहारी छटाएँ व लोकसंस्कृति का वर्णन इनकी विशेषताएँ हैं। यह हिन्दी उपन्यास की समृद्ध परम्परा का ही परिणाम है कि उसके पाठकों में आशातीत वृद्धि हो रही है। नवें दशक (1995) के मध्य से लेकर 2006 यानी तकरीबन पूरा एक दशक हिन्दी उपन्यास के लिए बेहद उर्वर रहा। इसी दौरान एक के बाद एक 'मुझे चाँद चाहिए', 'पाहीघर', 'कलिकथा वाया बाईपास', 'पहला गिरमिटिया', 'कितने पाकिस्तान', 'काला पहाड़', 'आवाँ', 'हमारा शहर उस बरस', 'अन्तिम अरण', 'बारामासी', 'सूत्रधार', 'आखिरी कलाम', 'बशारत मंजिल' जैसे कई महत्त्वपूर्ण उपन्यास आये।

दरअसल, हिन्दी उपन्यास का असली स्वरूप प्रेमचन्द परम्परा को बचाये व बनाये रखना है, जो बाबरी मस्जिद-रामजन्म भूमि के विध्वंस के बाद और ज़्यादा मुखर हुई है। इस परम्परा को ज़्यादा धार और चमक वास्तव में रेणु ने प्रदान की। प्रेमचन्द के बाद गाँधीवाद को अगर सबसे अधिक प्रस्थापित किया तो वे रेणु ही थे जो बाद में अनेक उपन्यासों में देखने को मिलता है। लोक और आंचलिकता में पगी-बँधी ये पंक्तियाँ गौर करने वाली हैं–

चर्खा काटो, खद्दड़ पहनो, रहे हाथ में झोली
दिन दहाड़े करो डकैती बोल सुराजी बोली–जोगी
सर र र र !

इतना ही नहीं लोक जीवन और स्थानीयता सबसे पहले रेणु के यहाँ पूरी शिद्दत से आती है, लोकोक्तियों मुहावरों, लोकगीतों का प्रयोग भी जिस गेयता के साथ रेणु ने इस्तेमाल किया है, वह परम्परा आज भी कायम है, कहना होगा कि नब्बे के बाद के अनेक उपन्यास प्रेमचन्द और रेणु की मिली-जुली परम्परा के वाहक हैं। गोदान जहाँ किसानी सभ्यता के क्षरण और महाजनी सभ्यता की कहानी है तो वहीं मैला आँचल में वर्ग संघर्ष, वर्ग शोषण और वर्ग अत्याचारों का जीता-जागता चित्रण मिलेगा। मैला आँचल में जिस तरह आम जन मानस में व्याप्त गाँधीवाद को दर्शाया गया है। आगे चलकर गाँधी को नायक के रूप में भी चित्रित करने की कोशिश की गयी। यानी दक्षिण अफ्रीका में एग्रीमेंट के आधार पर रखे जाने वाले भारतीयों अर्थात् 'गिरमिटिया' के रूप में पहला गिरमिटिया नाम से गिरिराज किशोर के उपन्यास को देखा जा सकता है। जो स्त्री पात्र हमारे नायकों के अनुयायी के रूप में देखे जाते थे बाद में वही उपन्यासों के चरित्रों के रूप में नज़र आने लगे। हालाँकि स्त्री-प्रश्नों को पूरी शिद्दत के साथ जैनेन्द्र जी

अपने ज्यागपत्र, सुनीता और परख उपन्यासों में जगह दे चुके थे, मगर यह स्त्री शहरी स्त्री का अधिक प्रतिनिधित्व करती थी। जिस दलित व आदिवासी पात्रों को केवल एक भीड़ के रूप में देखा जाता था, वही अपने अधिकारों और सदियों से झेल रहे दमन व शोषण के खिलाफ आवाज उठाने लगे। यही हिन्दी उपन्यास की असली ताकत है। इस अस्मितावादी दौर में हरेक अंचल और समुदाय के अपने-अपने नायक हो गये हैं। आज स्त्री और दलित के साथ आदिवासी और तथाकथित अपराधी जन जातियों की स्त्रियों ने हिन्दी उपन्यास में जिस तरह स्पेस बनाई है वह हाशिये के समाजों के लिए एक शुभ संकेत है। अल्मा कबूतरी (मैत्रेयी पुष्पा) और रेत (भगवानदास मोरवाल) उपन्यास इसके प्रमाण के रूप देखे जा सकते हैं। आदर्शवादी यथार्थ अब जैसे इतिहास की बात हो गयी है। आज हिन्दी उपन्यास ने नये-नये ऐसे विषयों में छलाँग लगायी है जिनके बारे में कभी सोचा भी नहीं गया होगा। हिन्दी उपन्यास आज आदर्शवादी यथार्थ की खन्दकों से बाहर निकल बस्तर, बुन्देलखण्ड, गंगोली, मेवात, मालवा, आदिवासी, दलित जैसे अलक्षित और अचिह्नित इलाकों में प्रवेश कर उपन्यास विधा को न केवल साहित्य को समृद्ध कर रहा है बल्कि हिन्दी साहित्य के पुनर्लेखन की भी माँग कर रहा है।

मैं क्यों लिखता हूँ?

कहते हैं कि किसी भी लेखक के लेखन के पीछे जो बड़ा तत्त्व काम करता है वह है उसका जीवन-संघर्ष, उसकी पारिवारिक और सामाजिक पृष्ठभूमि। कहने को तो सृजन या लिखना खुद की बेचैनी को व्यक्त करने का माध्यम है। अब यह निर्भर लेखक पर करता है कि अपने आसपास की इन बेचैनियों और दुखों में उसे अपना दुख कितना दिखाई देता है। दरअसल यह इस बात पर ज्यादा निर्भर करता है कि लेखक की पृष्ठभूमि क्या है। अगर मैं अपने बारे में कहूँ तो मेरा लेखक बनना अपने आप में एक अतिशयोक्ति जैसा है। अतिशयोक्ति इस मायने में कि जिस समाज की, वह भी मेवाती समाज की साहित्यिक पृष्ठभूमि और समझ लगभग सूखे पठार जैसी हो और जिस परिवार में कोई शिक्षित न हो उस समाज से निकला और ऐसे परिवार का कोई व्यक्ति लेखक भी हो सकता है, अकल्पनीय है। कभी-कभी आदमी का सामाजिक परिवेश उसे किसी ऐसे रास्ते पर ले जाता है जिस पर चलकर उसे अपने परिवेश की वे सूक्ष्मताएँ बेहद उद्वेलित करती हैं, जो उसकी तार्किकता और विश्लेषण क्षमता को धार देती हैं।

कई बार अपने बारे में कुछ कहना आदमी को बेहद संकट और परेशानी में डाल देता है। इसकी मुख्य वजह हमारी वह सामाजिक संरचना है जो हमें दूसरों के सामने खुलने से रोकती है। मगर लेखन ऐसा माध्यम है जो उसके भीतर को दूसरों के सामने खोलने में मदद ही करता है। सच कहूँ शुरू में कुछ भी लिख देना, लिखने जैसा लगता था। इसकी एक वजह यह है कि मेरी शिक्षा उस तरह पारम्परिक तरीके से नहीं हुई है जो साहित्य को एक कसौटी पर ले जाती है। मैंने तो एक लेखक के रूप में जो भी सीखा है या लिखा-पढ़ा है वह गैर-पारम्परिक रूप से सीखा है। इसलिए मेरे लेखन में जो खुरदरापन परिलक्षित होता वह एक ऐसे समाज का खुरदरापन है जो इसकी तासीर के रूप में जाना जाता है यानी-ई है मेवात, पहले घूँसा पीछे बात। मगर इस तासीर में वह मुलामियत भी छिपी हुई है जिसने मुझे लिखने के लिए प्रेरित किया। यह सही है कि किसी लेखक

के समझने का सबसे अच्छा आईना उसका लेखन होता है लेकिन यही आईना उसका अतीत और वर्तमान का गवाह भी होता है। अगर कोई मेरे प्रारम्भिक लेखन को पढ़ेगा तो कुछ बातें एकदम साफ हो जायेगी। मेरा सबसे अधिक विश्वास अपने लोक पर है। इसलिए सबसे पहले अपने साथ-साथ अपने लोक को समझना बहुत जरूरी है। वह लोक जो हमारी सामाजिक संरचना को समझने में सहायक होता है। मेरी सबसे पहली पाठशाला मेरा यही लोक है जिसने मेरे शब्दों को तपाया। सबसे पहली मेरी वैचारिक प्रयोगशाला मेरी वह जाति है जिसे इस पृथ्वी का आदि कलाकार कहा गया है। इसलिए शब्दों को आकार देना तो मुझे जैसे विरासत में मिला है। लेखन का हौसला मुझे मेरे उन कन्धों ने दिया जिन पर सपने देखने की उम्र में परिवार का असहनीय बोझ आ पड़ा। मेरे शब्दें में आक्रोश मेरे अभावों के उन दिनों ने भरा जब रोटियाँ चुरा-चुरा कर खाईं और मेरे अन्दर साहस मेरे उस उम्मीद भरे संयम ने पैदा किया कि सबकुछ इतनी आसानी से खत्म नहीं होता। कभी-कभी अभाव भी शब्दों में जान डाल देते हैं। सच तो यह है कि लेखक का अपना कोई दुख ही नहीं होता है। जो होता है वह पूरे लोक का दुख और उसकी बेचैनियाँ होती हैं। मेरा लिखना दरअसल मेरे उस लोक का शोक है जिसमें हर जगह और पल मेरी व्याप्ति रहती है। कहते हैं कि आदमी के व्यक्तित्व का निर्माण उसके जीवन-संघर्षों के ताप से होता है। मेरे पात्र और चरित्र वास्तव में मेरे दुखों और मेरी बेचैनियों को ही व्यक्त करते हैं। सच तो यह है कि एक लेखक अपने पात्रों के बिना अधूरा और अकेला है। यानी जो मेरे पात्र हैं वही मैं हूँ। कहीं मैं सलेमी के रूप में हूँ, तो कहीं मनीराम के रूप में। कहीं बूढ़ी जैतूनी के रूप में हूँ, तो कहीं किलकती मुमताज या मैना के रूप में। पाठक मुझे किसी भी रूप में देख सकता हूँ। लेखक तो वह अर्धनारीश्वर है जो अलग-अलग रूपों में अपने पात्रों में नजर आता है। एक ऐसा जीता-जागता पात्र जो मेरी रचनाओं में हर जगह नजर आयेगा। इस लेखकनुमा अर्धनारीश्वर को आखिर अर्धनारीश्वर बनाया किसने? किसने सींच-सींच कर और गढ़-गढ़ कर पल्लवित किया? मुझे पल्लवित किया मेरे जीवन-संघर्ष ने। मुझे बनाया मेरे उन सपनों ने जो आते जरूर थे मगर उनके पूरा होने की उम्मीद नहीं थी। कच्ची माटी के इस माधो को आकार प्रदान किया उन खुरदरे हाथों ने जिनकी हथेलियों में पड़ी डीलें रह-रहकर उसे उसके अतीत की याद दिलाती हैं। अगर मनुष्य के जीवन में खाली दुख है या सुख, तो वह पूरा आदमी नहीं है। एक लेखक अपने लेखन के माध्यम से लोक-मानस की उन अनुकृतियों को उकेरता है, जिनके बारे में एक व्यक्ति जानता तो है मगर उसे कलात्मकता और कुशलता के साथ उकेर

नहीं पाता है। लेखक वास्तव में अपने लोक की ऐसी कूची है जिसे कैनवास पर उसके पात्र अपने तरीके से अपने आप में रंग भरते हैं। अक्सर पाठक को यह भ्रम रहता है कि लेखक अपने माध्यम से जिन बेचैनियों को व्यक्त करता है वे केवल उसकी अपनी हैं। लेखन की असली सार्थकता ही इसी में है कि वह वैयक्तिक न होकर सार्वभौम हो। शायद यह कहने को कुछ बचता नहीं है कि आखिर एक लेखक लिखता क्यों है?

मैं क्यों लिखता हूँ? इसे शब्दों में बाँधना या कहना इतना ही मुश्किल है जितना किसी के दुख को एक पात्र के शब्दों में बाँधना। कभी-कभी मैं अपने तीन दशक पहले के अनगढ़ लिखे को देखता हूँ तो इस सवाल का जवाब मुझे आज मिलता है। बीतते समय के साथ-साथ हमारी बेचैनियों की भाषा भी बदलने लगती है। हमारे दुखों की परिभाषाएँ बदल जाती हैं। हमारी संवेदनाओं का घनत्व और आकार बदल जाता है। कहने का तात्पर्य यह है कि आज और कल के मेरे भीतर के 'लेखक' की बेचैनियाँ और व्यापक हो चुकी हैं। जहाँ आज से तीन दशक पहले मेरी केवल एक इकाई के रूप में पहचान थी आज एक संस्था के रूप में है। आप इससे भले ही सहमत न हों कि कैसे एक लेखक संस्था हो सकता है मेरा मानना है कि लेखक एक आम आदमी से अलग होता है उसकी सूक्ष्म दृष्टि समाज के उन अन्तरों में झाँक लेती है जहाँ इस आम आमदी की नज़र नहीं जाती है। दूसरा, लेखक भले ही अपने दुखों या बेचैनियों को व्यक्त करता है मगर ये दूसरों के भी होते हैं। सच तो यह है कि एक लेखक के लिए सबसे मुश्किल इन सवालों के जवाब होते हैं कि वह क्यों लिखता है और उसकी रचना-प्रक्रिया क्या होती है। उसके पात्र और हरेक चरित्र में अगर कहीं लेखक नहीं होगा तो उसके पात्र व चरित्र निश्चित रूप से गढ़े हुए होंगे। मैं क्यों लिखता हूँ? दरअसल लिखना भी एक जोखिम भरी जिम्मेदारी है। एक सचमुच का लेखक अपनी इन जिम्मेदारियों से भाग नहीं सकता। भागने का मतलब है अपने आप से पलायन। मुझे नहीं पता कि कितने लेखक अपनी यह जिम्मेदारी पूरी ईमानदारी और निष्ठा के साथ निभा रहे हैं। जहाँ तक मेरा सवाल है मैं इसकी पूरी कोशिश करता हूँ। इसमें मैं कितना सफल या असफल रहता हूँ यह अलग बात है परन्तु एक लेखक के रूप में मैं अपनी निष्ठा के प्रति पूरा ईमानदार हूँ। एक लेखक के रूप में मैं शायद इसीलिए लिखता हूँ। इसकी एक वजह भी है और वह यह कि मेरी रचनाओं की पृष्ठभूमि वास्तविक जीवनानुभवों पर आधारित होती है।

कल्पना करिये कि सदियों से जो समुदाय और समाज सामाजिक भेदभाव और संताप झेल रहे हैं, उनका कोई लेखक जब लिखता है, तो उसका सन्देश इन

समुदायों में क्या जाता होगा? साहित्य एक तरह से ऐसे ही वंचित और उपेक्षितों की आवाज है। एक ऐसी आवाज जिसे सुनकर उनके उस आत्मसम्मान को बल मिलता है, जिसे धर्म और शास्त्रों के नाम पर दबाया जाता रहा। मेरा लिखना मेरी वही आवाज है जो गैरबराबरी अपने स्वाभिमान और आत्मसम्मान को वाणी प्रदान करता है। इसीलिए मैं लिखता हूँ।

□□